A PEQUENA OUTUBRISTA

LINDA BOSTRÖM KNAUSGÅRD

Copyright @ 2020 by Linda Bostrom Knausgard
Esta tradução foi subsidiada pelo Conselho de Cultura da Suécia, aqui reconhecido com gra-
KULTURRÅDET

Grafia atualizada segundo o Acordo Ortográfico da Língua Portuguesa de 1990, que entrou em vigor no Brasil em 2009.

Tradução: Luciano Dutra
Revisão: Ana Helena Oliveira, Francesca Cricelli e Leonardo Garzaro
Preparação: Leonardo Garzaro
Edição: Felipe Damorim e Leonardo Garzaro
Direção de Arte: Vinicius Oliveira
Imprensa: Beatriz Reingenheim
Colaboração: Laetícia Monteiro, Fernanda Mota e Leandro Venditti
Conselho Editorial: Felipe Damorim, Leonardo Garzaro, Lígia Garzaro, Vinicius Oliveira e Ana Helena Oliveira

Dados Internacionais de Catalogação na Publicação (CIP)
(Câmara Brasileira do Livro, SP, Brasil)

Knausgård, Linda Boström
  A pequena outubrista / Linda Boström Knausgård ; traduzido do sueco por Luciano Dutra. -- Santo André, SP : Rua do Sabão, 2020.

  Título original: Oktoberbarn
  ISBN 978-65-991786-1-0

  1. Ficção sueca I. Título.

20-42426   CDD-839.73

Índices para catálogo sistemático:

  1. Ficção : Literatura sueca 839.73
  Cibele Maria Dias - Bibliotecária - CRB-8/9427

Todos os direitos desta edição reservados à:
Editora Rua do Sabão
Rua da Fonte, 275 sala 62B
09040-270 - Santo André, SP.

www.editoraruadosabao.com.br
facebook.com/editoraruadosabao
instagram.com/editoraruadosabao
twitter.com/edit_ruadosabao
youtube.com/editoraruadosabao
pinterest.com/editorarua

A PEQUENA OUTUBRISTA

LINDA BOSTRÖM KNAUSGÅRD

Traduzido do sueco por
Luciano Dutra

Eu gostaria de poder contar tudo a respeito da fábrica. Mas não posso mais. Em breve, não mais recordarei os meus dias e as minhas noites, ou por que nasci. Tudo o que posso contar é que estive lá por períodos de variada duração entre 2013 e 2017, e que submeteram o meu cérebro a uma série de descargas elétricas tão fortes que estavam certos de que eu não conseguiria escrever isso. Para começar, numa sequência intensiva de doze ciclos de tratamento. Essa era a terminologia utilizada por eles. Uma terminologia para tornar neutras aquelas ações e que deveria minimizar o medo diante daquela intervenção.

Disseram que seria um tratamento leve e que poderia ser comparado com reinicializar um computador. Sim, eles de fato utilizavam essas metáforas péssimas. Era uma linguagem criada por gente que acreditava ser possível aliviar a dor de um ser humano daquela forma, gente que estava tão habituada com o fato de que uma intervenção se transformasse em algo que se esquece tão facilmente quanto a mentira mais recente. Realizavam vinte intervenções por dia. Esses eventos em série eram a coroação do trabalho naquele negócio turvo. Atuava-se ali sem restrição alguma, sendo sempre possível explicar um eventual malogro referindo-se à ausência de resposta do ou da paciente ao tratamento. Em vez de falar desses casos, falava-se com orgulho sobretudo dos resultados. Qualquer brecha que permitisse o contato com o mundo real era fechada. Tinham tanto medo de serem investigados que colocavam toda a culpa no ou na paciente. Aquela paciente, um caso intratável. A doença daquele outro havia avançado demais. Aquela outra era um caso extremo. Aquela idosa era uma doente crônica e deveria haver nascido noutra época em que poderia ser colocada juntamente com outras pessoas numa existência apropriada às suas capacidades. Três horas de caminhada em regime aberto pelo parque e as mãos de uma enfermeira que jamais a recriminava por nada. Essa época ficara para trás e ninguém desejava ter pacientes na sua enfermaria.

Todos queriam mostrar resultados, e esses resultados eram obtidos com a ajuda da eletroconvulsoterapia, aquele tratamento tão popular e que era a resposta aos suplícios de todos os indivíduos. Empurravam seus tratamentos aos pacientes incapazes de questionar o que o médico responsável dizia naquele breve espaço de tempo em que realmente havia um diálogo. Dez minutos uma vez por semana, sem a possibilidade de fazer perguntas. Os impertinentes eram tratados com choques ainda mais fortes. Todos sabiam disso.

Eu sentia uma debilidade por dentro, por todo o meu ser, então fui internada naquele local por um bom tempo.

Eu já havia sido submetida a eletrochoques em várias ocasiões. Eu sabia tudo a respeito daquele tratamento.

Um dos enfermeiros entrava no meu quarto às cinco da manhã para colocar um acesso. Pela forma como pegavam na maçaneta da porta a gente já sabia se aquilo ia doer ou não. O Zahid tinha pavor de colocar os acessos, sempre errava a veia e começava a suar naquele quarto minúsculo. Não era de estranhar que ele errasse a veia, pois as lâmpadas no quarto emitiam uma luz fraca. Como os demais enfermeiros conseguiam acertar as minhas veias parecia algo assombroso naquela semiescuridão. No fim das contas, o Zahid colocava o acesso no dorso de uma das mãos, onde as veias eram mais visíveis, mas também onde a punção é mais dolorida para o paciente. Se a irmã Maria abrisse a porta, a gente sabia que não sentiria absolutamente nada. O acesso se insinuava sem dor alguma e ela recebia vários sorrisos de gratidão. O Aalif enfiava o acesso com força. E sempre acertava a veia, o que fazia com que a gente sentisse ainda mais gratidão, apesar do corte doer tanto que a dor por um instante suplantava a realidade na qual nos encontrávamos. Alguns enfermeiros puncionavam várias vezes sem conseguir acertar, as veias sempre se esquivavam deles. O curioso é que as veias se esquivavam sempre dos mesmos enfermeiros, alguns dos quais puncionavam sem sequer avisar. Nessas ocasiões, eu urrava de dor. Eu precisava me preparar para a entrada da agulha. Que me dissessem: "Agora vou puncionar" para que eu pudesse expirar quando a agulha penetrasse e dessa forma espantar a dor para longe, ou na pior das hipóteses torná-la suportável. Depois de colocar o acesso, eles prendiam um conector de duas vias bem firme com esparadrapo, testavam a permeabilidade com soro fisiológico para assegurar que o conector funcionasse e, mais tarde, o anestésico ganhasse livre acesso tanto às nossas funções orgânicas como à consciência, até que essa também se rendesse. Numa capitulação absoluta.

Mas voltando ao início. O caminho até lá. A gente nunca podia entrar lá sozinho. Um cuidador sempre nos acompanhava e na maioria das vezes era o Aalif quem me levava. Eu gostava do Aalif. Não havia nada de errado com ele. Era oriundo de países mais cálidos e viera fugindo da guerra. Percorríamos juntos aqueles pouco mais de vinte metros. Primeiro saindo da enfermaria, depois três passos para a esquerda para entrar naquele breve túnel que conduzia à fábrica.

Ficávamos sentados em fila numa sala de espera, nós que aguardávamos para receber o tratamento e os nossos acompanhantes. As coisas se sucediam numa velocidade alucinante lá dentro. Eles sabiam o que estavam fazendo. Conseguiam, como antes mencionado, supliciar vinte coitados a cada manhã. Aguardávamos sentados na sala de espera e na maior parte das vezes eu não conseguia ver nada, porém, se o sangue corria um pouco mais rápido, a gente conversava sobre o país do Aalif. Eu perguntava a ele sobre a guerra e se não era esquisito viver aqui nesse país onde ninguém ficava sentado à noite nas calçadas e onde as conversas entabuladas eram apenas a respeito de se alguém era confiável ou se alguém não era confiável. O Aalif respondia com um gesto que queria dizer que não havia o que fazer a respeito, e depois dizia:

— Aqui é melhor. Melhor para a minha família.

Na maioria das vezes, eu apenas ficava lá sentada, de olho na porta que se abria regularmente, e um médico residente loiro bem alinhado e de dentes alvos ou gritava um nome e continuávamos sentados naquela sala de espera ou, se o nome gritado fosse o nosso, a gente então se levantava e entrava na sala, ao lado do acompanhante.

Entrando na sala, não havia tempo para hesitação alguma. Acomodar-se na maca. O anestesista:

— Você comeu ou bebeu algo hoje? Você tem algum dente frouxo?

Mediam a pressão arterial ao mesmo tempo em que a enfermeira instalava os eletrodos na parte de cima do tórax e na testa da gente. Então, o médico residente vinha com a máscara de oxigênio que a gente devia inspirar para oxigenar o cérebro. O anestesista avisava que a gente iria adormecer em seguida e então o anestésico gelado era injetado na corrente sanguínea no conector antes instalado. Aquilo era como beber a escuridão.

O que acontecia depois de adormecermos foi algo que o Aalif me contou. Primeiro, eles instalavam o protetor bucal para que a gente não mordesse a língua. O relaxante muscular era então injetado no conector para impedir que o corpo decolasse sobre a maca. Por isso, a eletricidade tinha que ser aumentada para desencadear uma convulsão. Depois a eletricidade era aplicada rapidamente. Aquela eletricidade na qual eles depositavam toda a sua confiança. Aquela eletricidade que era a salvação dos médicos. Aquela eletricidade que, sem quaisquer efeitos colaterais, propiciava o alívio que medicamento algum era capaz de dar.

Aquela eletricidade que, em poucos segundos, no máximo um minuto, provocava o surto de convulsões que era exatamente a chave de um tratamento bem-sucedido.

Contarei noutra ocasião o que acontecia depois que o surto de convulsões terminava, mas posso adiantar aqui que todos nós, pacientes, jazíamos em macas estreitas uns ao lado dos outros, tão próximos que quase roçávamos uns nos outros. Cada um na sua própria escuridão, num torpor impossível de explicar. Jazíamos lá, dormindo detrás de uma cortina. Era importante não permitir que o paciente que entrava na sala visse os que estavam adormecidos. Era importante não assustar ninguém antes daquele tratamento leve, porém, muitas vezes avistei os pacientes adormecidos, e a ideia de que eu logo iria jazer lá, um entre tantos outros, sem saber o que iria acontecer comigo, me assustava mais do que os eletrochoques propriamente ditos.

Ninguém estava nem aí para o fato de eu não me lembrar de consideráveis períodos de tempo. Os efeitos do tratamento pesavam mais do que a perda de memória. Depois, qual é a importância da memória? Como mensurá-la? Como avaliá-la? A memória era subestimada na fábrica. Prefeririam tratar a gente durante quatro semanas com eletrochoques do que deixar a gente zanzando pela enfermaria durante vários meses. Era uma sensação inebriante para os que lidavam com desvãos do ser humano finalmente poderem mostrar resultados e com isso conseguirem ser convidados para círculos mais refinados.

Eu era escritora naquela ocasião. Um ofício ingrato. Nenhum alívio. Nenhum consolo. Nenhum sossego. Nenhum contentamento. Apenas a forte lembrança do lugar onde escrevi, fantasias e palavras que por vezes acertavam em cheio. Eu escrevia tão raramente que soava risível dizer que eu era escritora, mas apesar de tudo era isso que eu era. Ser escritora era a minha segunda opção. A minha primeira opção era ser atriz, o que tentei na minha tenra juventude. O meu talento era inconstante. Eu podia atuar muito bem certa noite, totalmente à vontade no palco, sentindo então uma felicidade impossível de descrever. Não havia palavras para aquele alívio. De me sentir solta e apesar disso saber o que iria acontecer. Protegida entre os demais, mas ainda assim eu mesma. Aquilo era o paraíso na terra.

Apesar disso, eu sentia como se aquela não fosse uma escolha minha. Não era algo que eu conquistara. A minha mãe descobrira aquele ofício e, afinal de contas, eu não queria seguir os passos dela. Depois, o teatro era insuportável nas noites em que eu dizia as minhas falas sem leveza, como uma novata sem qualquer talento e cuja única companheira era a angústia. Compreendi que não se pode ser tão inconstante nesse ofício. O bom senso me dizia para abandonar aquele sonho e escolher o que sempre estivera debaixo do meu nariz. A escrita.

Eu escrevia mais na minha infância do que escrevo hoje em dia. Não tenho nada a dizer. Também estou passando por uma espécie de crise. Não me refiro apenas aos ciclos de tratamento e aos dias para cima e para baixo no corredor, mas sim ao fato de me achar absolutamente indefesa.

Estou totalmente só com o meu umbigo. Não tenho amigo algum na cidade onde vivo e o meu marido me deixou. Ele cansou de ser o único que se encarregava de todas as conversas com as crianças à mesa. Gracejava com eles além da conta para encobrir o fato de que eu jamais dizia nada. Nem durante as refeições nem em qualquer outro momento. A não ser quando eu falava como se as palavras nunca mais fossem ter fim. Eu me ausentava muito. Era internada com frequência nesse hospital. A minha doença nos derrubou a todos. Aquela não era a vida que ele desejava. Todo o amor se tornara um blusão que dava coceira e que era preciso arrancar. Tudo só voltaria a ficar bem depois de tirar aquele blusão.

Eu não rezei naqueles anos todos. Será que esqueci de rezar para pedir um amor para a vida toda? Posso culpar alguma coisa pela minha negligência? Por que não me cuidei melhor durante nossos anos de convívio?

Não sei.

Você sabe quantos humores diferentes eu carrego ao mesmo tempo. As coisas pioraram no final.

Prefiro ver essas coisas novas como uma provação de Deus.

No liceu, fiz dois trabalhos importantes, um sobre Sófocles e outro sobre o Jó da Bíblia. Acho que cheguei na era de Jó.

Obrigação, trabalho e um céu fechado.

Um dia, me vi sozinha numa casa e não sabia como devia prosseguir minha vida. Eu não valia nada pois ninguém me amava e eu não conseguia dar conta de nada. A solidão era tão intensa e eu não sabia como iria viver a minha própria vida, então me tornei alguém que não vivia a vida de ninguém. Eu não era ninguém. Fazia de conta que estava me virando bem, mas de fato não estava. Eu cismava que devia desaparecer, ou então morrer pelas minhas próprias mãos mas de forma que parecesse um acidente. Pesquisei na internet como simular um acidente perfeito. Mesmo que eu não me lembre, também devo ter pesquisado na internet como fazer para obter uma arma, pois o exército dos EUA me enviou uma mensagem e a primeira coisa que dizia nela era: "Você não aguenta toda essa liberdade". E eles tinham razão. Aquele tipo de liberdade não era para mim. A mensagem também dizia que, por uma quantia considerável, eu poderia comprar qualquer coisa na loja virtual deles. Só então eu entendi que aquela mensagem não fora enviada pelo exército dos EUA propriamente dito, mas sim por uma loja virtual de armas que usava aquele nome. Se eu achava que devia dar cabo da minha vida, também achava que a coisa mais simples devia ser me dar um tiro. Isso eu conseguiria fazer, mas seria difícil de fazer parecer que outra pessoa havia me dado um tiro, então, não sem algum aborrecimento, comecei a me informar a respeito de outras possibilidades.

Mas eu era covarde demais para todas elas. Eu não conseguiria pular de um lugar bem alto nem conseguiria tomar todos os comprimidos que estavam ali como alternativa num estojo de metal. Numa ocasião, entrei em contato com o submundo. Peguei um trem até a maior cidade que havia naquele miserável rincão de país onde eu morava. Eu sabia aonde ir. Todos sabiam. Me dirigi até o sujeito cercado do maior número de comparsas e perguntei quanto custaria contratar alguém para me jogar debaixo de um trem. Eu recém-ganhara uma bolsa como escritora e aquela era a quantia de que dispunha. O sujeito gargalhou na minha cara quando eu disse a quantia que podia pagar.

— Quem é que iria arriscar a própria vida em liberdade por essa quantia de merda? — ele me perguntou.

Depois, disse que se eu algum dia me desse o trabalho de voltar a incomodá-lo que eu devia aparecer com cem vezes aquela quantia. Saí dali com o rabo entre as pernas. Quem eu era? Como eu havia chegado a tal ponto e como podia sair daquilo?

Me concentrei nos meus filhos. Eu fazia a comida com capricho e queria tê-los por perto o máximo possível. Mesmo assim, passar tempo comigo era um sofrimento para eles. Os mais velhos queriam o tempo todo ir para a casa do pai. Quando eles estavam com ele, conseguíamos nos falar melhor por telefone e aquilo era um consolo, mesmo se as recriminações continuassem. A culpa disso era minha. Era eu quem desunia a todos nós.

Os menores queriam ficar comigo, e o fato de eu poder estar perto deles e preencher todas as suas necessidades era um remedo de alegria. Eu era ótima com os pequenos mas pior com os maiores, que demandavam respostas de verdade às suas perguntas. Não as minhas respostas de faz de conta. Eu não estava completamente presente, mas sim anestesiada numa terra de ninguém onde parecia não haver qualquer possibilidade de uma vida real. Um grande problema era o fato de que eu não me atrevia a chorar. Eu me negava a me mostrar como a fracassada que eu era. Nada de lágrimas. Está tudo bem, eu dizia a mim mesma. Contudo, eu não queria recorrer à forma dele de demarcar a distância. Isso de fato era verdade, mas era ainda mais verdade que eu estava petrificada.

Paralelamente a isso, um livro que eu escrevera começou a fazer sucesso. Era desconcertante. Alguma alegria em meio a tudo aquilo de ruim que eu não estava fingindo. Publicar livros não é para as almas aflitas. Ao menos não para almas aflitas e miseráveis.

Depois de alguns meses, houve uma internação de urgência.

Eu embarcara no trem noturno para me reunir com o Kristofer, meu editor. Juntos, iríamos cortar metade do que eu havia concordado em fazer. Eu havia embaralhado as coisas. Prometera comparecer a eventos em Oslo e em Washington na mesma data. Além disso, havia alguns serões com o autor, algumas visitas a bibliotecas. Nada que não pudesse ser postergado.

Por outro lado, havia coisas que eu de maneira alguma gostaria de cancelar. Eu devia ir a Jerusalém junto com outros dois escritores e com a organizadora da viagem. Iríamos participar de uma leitura num café e depois seguir viagem até Telavive onde encontraríamos Amós Oz na casa dele. Já começara a ler alguns livros de Amós Oz para me preparar para aquele encontro: *Na terra de Israel* e *Uma história de amor e trevas*.

O legal era que nos haviam prometido bastante tempo livre no qual poderíamos circular e explorar os lugares. Eu lera a respeito de Jerusalém durante toda a minha vida adulta. Não iria desperdiçar nada. Andaria por toda a cidade sagrada em meio aos locais sagrados. Por alguma razão, eu estava segura de ter um bom argumento para uma peça. Eu recebera uma encomenda para escrever algo para uma companhia teatral, mas não encontrava um jeito de começar. Imaginava uma peça que abordasse a origem comum das três religiões de alcance mundial. A ideia era criar a partir de uma narrativa específica, que não vem ao caso mencionar. Eu sabia que seria um pouco esquisito ver a velha Jerusalém tão perto das cadeias de comércio costumeiras que espocam por toda a superfície do planeta numa velocidade alucinante. Que seria um certo choque e que eu não devia me deixar abalar por aquilo. Eu retomara a leitura da Bíblia. Comprara mais um guia turístico a respeito de Jerusalém.

Na realidade, eu não sabia tanto a respeito de Jerusalém quanto eu fingia saber. Havia algumas lacunas em termos históricos, mas eu daria um jeito de me preparar.

Eu iria acordar bem cedo de manhã para encostar a testa no muro das lamentações e rezar por ajuda.

Cheguei à estação central bem cedinho de manhã e a próxima coisa de que me lembro é estar num antiquário admirando três ícones numa mesa à minha frente, cercada de livros. Comprei todos os três com dinheiro que eu não tinha. A minha alegria é plena. O arcanjo Gabriel. Miguel. São Jorge e o dragão. Encontrara a proteção a que sempre almejara e deixei o antiquário cheia de confiança. Era um momento daqueles a que chamam de divisor de águas. Daqui em diante, a minha vida será diferente. É isso que aqueles ícones estavam me dizendo. A próxima coisa de que me lembro é de pegar o broche do Kristofer. O broche que ele sempre trazia consigo, no qual está gravado "1984", que, naquela ocasião em particular, considero ser o meu ano. Eu é que era a dona daquele broche. Pego-o e depois estou sentada numa sala de espera com teto dourado. Quando eu acordo, a minha mãe se aproxima de mim. Estou ali deitada num leito e ela se aproxima de mim da mesma forma que se aproximara de mim, oito, onze ou trinta vezes, ela passa a mão nos meus cabelos e eu estou no hospital e ela veio me visitar e tudo é como de costume. Fora o fato de eu estar no lugar errado.

Onde você costuma ser tratada? É importante ir a um lugar onde te conheçam. Como se eles em algum momento conseguissem conhecer alguém no ramo em que trabalham. Quem me conhece é o meu ex-marido, quem mais? Em todo caso, nenhum deles da enfermaria junto ao lago. Eles fazem uma ligação e vou ser transferida na ambulância aérea e durante toda a viagem sou monitorada por três indivíduos. Eles me observam o tempo todo enquanto eu jazo amarrada numa maca e me pergunto o que eles imaginam que eu vou fazer? Derrubar o avião? Esborrachá-lo contra uma montanha? Eu faria exatamente isso se não fosse tão covarde e sem imaginação.

Fui recebida na fábrica com tapete vermelho. Era preciso um ajuste resoluto e imediato.

Dormi até por fim acordar e não sabia quem eu era ou onde eu estava nem porquê. Eles tiraram três das minhas nove vidas dessa vez. Antes eu já havia me desfeito de cinco e portanto só tinha mais uma. Tiraram-nas assim, simplesmente, como se não fosse nada demais.

Dezoito ciclos de tratamento. Não me lembro de muita coisa. De praticamente nada. Eles não se importam com isso. Me surpreende o fato de eu mesma me importar, mas eu me importo mesmo. Converso a respeito disso com o médico responsável de plantão nos dez minutos que me cabem. Nunca é o mesmo médico responsável. Ninguém quer ficar nessa enfermaria que cheira a medo e desconcerto. Apenas alguns cuidadores e enfermeiras eram os mesmos, o Zahid, o Aalif, a irmã Maria, o Christian, com quem eu jogo xadrez, o Lennart e o Muhammed, que por vezes se mostra um deus entre nós mortais. Ele circulava entre as enfermarias e era requisitado aonde as coisas ficavam mais violentas. Como daquela vez em que o Thobias queria me bater somente porque passei em frente à porta dele, que estava aberta, no mesmo instante em que ele estava pensando na esposa.

Era verão e fazia sol naquela ocasião e a enfermaria suava com o calor que as janelas de plástico deixavam entrar; eu e o garoto a quem eu chamo de Trudy havíamos nos refugiado na sacada com grades no final do corredor. Eu comentava como era bonito ver as balsas que passavam de lá para cá pelo estreito e da proximidade exasperante com o castelo de Kronborg, onde vivia Hamlet.

— Você já pensou que vivemos tão perto daquele castelo e apesar disso nunca fomos até lá? É uma vergonha, um crime, uma preguiça, praticamente um pecado capital.

— Mas do que é que você está falando? — o garoto retrucou, olhando para o lago.

Entendi ali, naquele momento, que ele era a primeira pessoa que eu conhecia que não sabia quem era Hamlet. Ali, parada debaixo do sol, detrás das grades instaladas para impedir que alguém se jogasse da sacada, ponderei se eu devia contar para ele quem era Hamlet, mas o que eu deveria dizer se decidisse contar?

Hamlet foi um jovem príncipe que perdeu seu pai, cujo fantasma lhe avisou, à meia-noite, que fora assassinado pelo próprio irmão, que logo se casou com a rainha, ou seja, a mãe de Hamlet. Não o suporto.

Trudy, que detestava ser chamado assim, aproximou o seu rosto do meu. Recuei um pouco e o enchi até as orelhas com minhas citações de Hamlet, até que, honestamente, fiquei nervosa com a presença dele. Um adolescente com tudo que um adolescente traz no coração.

O tempo está fora do eixo. Oh, maldito fado, que me pariu para vê-lo arrumado. Ser ou não ser. Amarelecido com a palidez do pensamento.

Trudy virou o meu rosto na direção do seu. Decidi imediatamente me lixar para o Hamlet. Senti uma certa leveza, uma embriaguez, ali, sob aquela luz interrompida pelas grades, dei as costas ao estreito de Oresunda e o garoto ficou ali com seu rosto quase colado no meu e então nos beijamos.

Talvez aquele beijo demorado tenha me deixado meio malemolente, pois quando eu passei em frente à porta do Thobias e ele me viu, imediatamente pensou na sua esposa e por isso gritou "puta" para mim, eu me virei imediatamente e fui na direção dele. O Thobias se levantou e, se o garoto não estivesse atrás de mim, ele teria me batido até eu cair no chão e então ele começaria a me dar pontapés. O garoto praticava *kickboxing* e se colocou diante do Thobias que, calado, voltou a se sentar no seu leito, de maneira que aquela situação terminou antes mesmo de começar. Lembro que pensei que era a primeira vez que alguém me defendia. Quando, na minha juventude, eu me metia em situações que acabavam em violência, os homens com quem eu andava me seguravam *firme* nas vezes em que eu era surrada, em vez de juntos nos vingarmos surrando quem havia me humilhado na frente de todos. Ele também se chamava Thobias, o ator baixinho e agressivo que também me chamou de puta numa festa. Isso depois de eu pedir que ele não fosse tão grosseiro comigo e com a minha turma. Eu apaguei o meu cigarro na bochecha dele em resposta e então ele me bateu. Um direto de direita.

Talvez eu devesse de uma vez por todas compreender que quem quer que se chame Thobias não é flor que se cheire. Por outro lado, trabalhei uma vez com um sujeito bastante simpático que se chamava Thobias. Será que é apenas o nosso caráter que define como fazemos jus ao nosso nome?

O Thobias da enfermaria ficou obcecado comigo e queria me bater toda vez que punha os olhos em mim, por isso o Muhammed foi chamado. O Thobias tinha um metro e noventa, era calado e contido numa raiva tamanha que às vezes sobrava até para o Muhammed. Não podiam mantê-lo o tempo todo na camisa de força. Havia regras para tudo. O Muhammed, que também praticava *kickboxing* e competia em alto nível, criava um ambiente calmo na enfermaria que eu de certa forma acho que apreciava. Com seus dois metros de altura e seu jeito de andar, ele não parecia humano, e eu disse na primeira vez que o vi:

— Você não parece desse mundo.

O Muhammed era a própria calma e eu me mantinha perto dele sempre que o Thobias se aproximava de mim. Sim, eu me mantinha perto dele a maior parte do tempo.

A maior parte do tempo ele ficava sentado lendo um livro em árabe e, quando ouvia que uma discussão estava começando, terminava de ler o trecho antes de largar o livro e se levantar para restabelecer a calma com a sua mera aparição. Um tanto arrastado, mas apesar disso absolutamente preparado para o que iria defrontar.

Eu conversava sem parar com o Muhammed sobre tudo que me dava na telha. Sobre os dias e as noites que pareciam se repetir, sobre o fato de não haver estações do ano aqui, sobre a comida, sobre os legumes cozidos com gosto de água, sobre o tédio e a compreensão, sobre a solidão. Perguntei se ele já havia estado na fábrica e ele me observou longamente e então por fim respondeu:

— Como assim?

— Você nunca passou pela porta e os três degraus à esquerda que levam ao túnel?

O Muhammed ficou pensando e isso me fez sentir respeito por ele.

— Você quer dizer aqui no hospital?

— Sim, você já esteve naquele quarto onde primeiro eles te apagam e depois tentam fazer com que você acorde como um recém-nascido dando choques? Você já levou alguém adormecido até a enfermaria?

— Sim, já levei. Eu trabalho aqui — ele respondeu.

Depois o Muhammed se foi e eu pensei, como muitas vezes antes, que ninguém gosta de estar na minha companhia. Nem mesmo os vermes que me visitam de madrugada. Eles estão por toda a parte. Há quanto tempo estou morta? Estou enterrada e há quanto tempo jazo debaixo da terra? Será que eu espantei o Muhammed? Senti vergonha. De haver pressionado ele. Por que alguém como ele gostaria de conversar com alguém como eu? Ele com certeza tinha mais o que fazer. E o que me importa o Muhammed? Ele que se dane. Por que ele trabalha aqui se é lutador de *kickboxing* de alto nível? O Muhammed é um zé- -ninguém para mim. Um zé-ninguém sem a mínima noção de como ajudar a alguém que está passando por momentos de dificuldade, e isso apesar de ser cuidador profissional.

No exato momento em que pensei isso, ele voltou e se sentou outra vez. Talvez ele só tenha ido no banheiro.

A alegria desse novo encontro faz a minha vergonha desaparecer numa fração de segundo. Eu não tinha sido rechaçada. Ele aturava as minhas bobagens e tudo voltou a ser como antes. Uma espécie de embriaguez de alegria percorreu o meu corpo. Me treinei durante anos para não seguir meus impulsos. Aprendi a ficar quieta quando uma ideia se lançava afoita. Eu estava mais serena. Nada de excessos no momento. Eu estava ali de visita. Ou não?

Tudo o que eu dizia e não fazia se derramou sobre mim enquanto eu estava ali sentada, atormentada na minha escuridão. Eu estava enxovalhada de exageros e mentiras. Das minhas próprias mentiras. Eu não podia continuar ali sentada. Eu devia me levantar e sair dali. Ir até o meu quarto, ao menos. Eu podia, claro, arranjar algo. De súbito, fiquei tomada de ideias. Correntes de ar e inviolabilidade. É assim que se diz? Não soa muito bem. Que se dane. Aquele abrigo de repente parecia uma paisagem em miniatura. Eu era o gigante que vinha andando e todos os demais eram liliputianos. Eles só tinham mais alguns segundos de vida. Eu só precisava pisar no chão.

Não, eu é que era pequena sob o céu que eu não via há tanto tempo. Via-o apenas pela grade da sacada onde eu, às vezes, pedia um cigarro como se ainda tivesse companhia, ou, se estivesse só, simplesmente fuçava naquele pote enorme com terra. Ali havia vários cigarros praticamente intactos pois, apesar de tudo, era proibido fumar ali fora. Bem, mas por que isso vem ao caso? Chega de ficar procurando migalhas no chão. Já basta. Agora já basta.

Então eu disse, só para quebrar aquele silêncio:

— Muhammed é um deus que apenas sorri mas que não sabe amar.

— De onde você tirou isso?

Eu respondi que, de fato, um poeta palestino me dissera isso, em resposta a uma pergunta minha. Eu realmente havia explorado os conhecimentos dele, e ainda por cima poucos instantes antes dele subir ao palco para recitar seus poemas.

— Um poeta palestino te disse. Entendo.

— Muhammed realmente é um deus que apenas sorri mas que não sabe amar?

— O profeta. Muhammed é o profeta — disse Muhammed e seguiu lendo.

— Sim, como eu disse — retruquei.

Por que não posso pensar nem que seja por um segundo antes de dizer algo? Por que é que eu abro a minha boca, afinal?

— Você não sabe amar? — continuei.

— Eu pareço estar sorrindo?

— Talvez você esteja sorrindo por dentro.

— Não nesse momento, de toda forma — Muhammed disse antes de se levantar e ir até o posto de enfermagem que ficava logo ali, apenas a alguns passos de distância.

Estou me lixando para o Muhammed. Tenho mais o que fazer do que ficar aqui sentada e me abrir com ele. Não vou dizer mais nada. Mais nada vou dizer. Fechei os olhos, forçando os meus pensamentos a se dissiparem, como aprendi a fazer quando ainda era criança, e logo adormeci. Dormi o sono dos inocentes, no qual nada me amedrontava. Tudo estava como de costume. O meu marido dormia ao meu lado. Era noite. Me levantei e fui até o quarto dos nossos filhos, que estavam dormindo. Eles sempre têm um sono pesado. Peguei a mão deles. Fiquei ali parada um bom tempo olhando para eles. Os cabelos soltos e emaranhados das meninas, as bochechas delas. Os rostos claros dos meninos. Eles são tão bonitos. Ainda ignorando o que vai acontecer quando acordarem. Que vamos nos sentar em torno da mesa e você irá contar que vamos nos divorciar. Nossos caminhos se afastaram, você vai dizer. Tudo vai ficar bem, é a única coisa que serei capaz de dizer sem saber nada. Nada a respeito do que irá acontecer depois que nos levantarmos. Ou meio ano depois, um ano depois. O que vamos fazer? Alguém deve me dizer. É de suma importância que eu saiba o máximo possível. Faz três semanas que você disse aquilo. Quer dizer, um ano e meio.

Desci até o andar debaixo, onde a gata estava deitada e dormia. A nossa gata silvestre siberiana. Ela que nunca queria ficar no colo de ninguém e que unhava se a gente tentasse pegá-la. Ela trazia para casa uma presa mais fantástica que a outra. Numa ocasião, ela deixou do lado de fora da porta um animal decapitado que não conseguimos identificar. Um furão? Não, não é um furão. Eles são menores, não são? Um texugo atropelado? Era impossível de dizer, pois a carcaça estava maltratada demais. Você foi buscar a câmera e fotografou a presa. Você ficou animado com aquela visão. Não sei porque você de repente resolveu fotografar. Algo que você de resto nunca fazia, afinal. Era eu quem costumava fotografar. Quem revelava e ampliava as fotos das crianças e as colocava nos álbuns. Quando foi que parei de fotografar? Só havia fotos reveladas das crianças até uma certa idade. Me senti irrequieta de repente. Eu devia voltar a fotografar. Deve haver uma continuidade. Eles devem poder ver a si mesmos. Ver como cresceram. A Anna, que sempre ficava sentada no galho da árvore conversando com o seu melhor amigo, exatamente como eu fazia quando fugia para o parque.

— Fugia? Por que você sempre tem que ser tão dramática? Você ia lá e comprava sorvete na primavera como todos os demais.

Tenho que acordá-lo!

Tenho que fazê-lo compreender que ele é o único que quer isso. Que nem as crianças nem eu queremos. Você tem que se explicar, eu disse. Você não pode simplesmente apresentar um fato e depois calar a boca.

— Por que não? Eu faço o que eu quiser, afinal — você respondeu.

Voltei para o quarto e me deitei colada no teu corpo. Você dormia feito uma pedra. Nem percebeu que eu havia me deitado colada em você. Peguei o teu braço e o coloquei sobre mim. Pensei no nosso primeiro inverno, quando descemos dos cômoros de areia da praia num trenó.

A primeira surpresa naquela paisagem desconhecida. Aquilo não se parecia a nada que já havíamos vivenciado. O sol sobre a neve e a água. O horizonte no qual a balsa que viaja entre a Suécia e a Polônia à distância parece um pontinho. Então, você quis ver se era possível chegar ainda mais longe e desceu o cômoro de areia no trenó, passou pela praia e foi direto no mar.

O Muhammed cutuca o meu ombro. Eu abro os olhos, imediatamente acordada. Os olhos do Muhammed. Como descrever a cor daqueles olhos? Às vezes marrom como o sangue. Ou como o pensamento. Ouro negro. Me pergunto como é ser como ele? Saber que vou conseguir lidar com tudo o que a vida proporcionar.

— De pé — ele disse.

Continuei sentada.

— Agora mesmo.

A voz dele vinha de bem longe. Eu mal ouvia o que ele dizia.

— Eu?

— Sim. Você.

Eu me levanto. O Muhammed me entrega uma corda de pular. Não sei de onde ele a tirou. Como todo mundo, ele sabe que não deve haver nenhuma corda de pular por aqui. Uma corda de pular é um excelente apetrecho para alguém que esteja pensando o dia inteiro "Suécia, saída final", a derradeira saída da Suécia antes de definitivamente entrar na ponte que vai até a Dinamarca, o país da liberdade. Sim, um passo derradeiro qualquer. Hamlet estava me perseguindo e agora se manifestava naquela corda de pular. Não. Eu não me atrevo. Será que eles acham que conseguem me ludibriar assim tão facilmente?

O importante aqui era não ficar paranoica e enxergar sinais por todos os lados, mas sim pensar com muita clareza.

Pego a corda de pular e logo vejo diante de mim uma série de possibilidades. Será que é o Muhammed que está me oferecendo uma saída?

Não, não, mil vezes não.

Será que consigo ludibriá-lo?

— Pula.

O Muhammed parece bravo, é claro, ele tem todo o direito de ficar bravo. Com certeza ele consegue ler meus pensamentos. Caramba. Pobre Muhammed.

— Você precisa se exercitar. Pula.

Ninguém vai me mandar fazer nada. Não estou com a mínima vontade de pular.

Mas pulo.

Não sei por que o fiz. Estamos num dos extremos do corredor, o que fica próximo da saída. A Maria passa por ali. Ela sorri para mim e puxa seu chaveiro do bolso. Aquilo me irrita. Não retribuo o sorriso. Estou morrendo de medo, morrendo de medo do que vou acabar fazendo com aquela corda de pular. O coração bate.

— Um, dois, três — O Muhammed conta.

Não ouço nada. Eu não consigo. Não consigo fazer isso. Paro.

— Dez — o Muhammed segue contando.

— Não estou com a mínima vontade de pular corda — eu digo e então devolvo a corda a ele.

— Então vamos correr — o Muhammed retruca.

De repente, estamos correndo no corredor. Isso não é permitido, até onde eu saiba, mas era uma sensação única correr com o Muhammed.

Ele corria tão devagar quanto eu. Um passo atrás de mim, como que para me impulsionar, para me forçar a continuar. Passamos correndo pelo posto de enfermagem e pelo armário trancado de medicamentos, seguimos pelo corredor, passando pela sala de convívio, que estava deserta. Mas por que ela estava deserta? Onde estava todo mundo? Seguimos adiante, passando pelos quartos cada qual com seu número na porta. Então passamos pelas salas fechadas de consulta, depois pelo consultório médico, onde havia alguém sentado de costas para nós, digitando algo num computador. Por que aquele alguém não fechou a persiana? Por que aquela exposição repentina? Continuamos correndo até o fumódromo e então voltamos. Mais uma volta. Eu queria desistir, parar depois de algumas voltas. Era ridículo correr naquele corredor. Então parei. O Muhammed cutucou minhas costas. Comecei a correr de novo. Ele agora corria a meu lado.

— Se parar, você estará destruindo qualquer possibilidade de cura. Ao desistir, você nega ao seu corpo a oportunidade de se curar. Exatamente quando você quer parar porque acha que não tem mais forças é que você ainda tem bastante força para dar. Continua. Eu digo quando é hora de parar — ele disse.

Parecia que estávamos correndo há várias horas. Corremos de um lado para o outro no corredor até a hora do café da tarde. Agora realmente fervilhava de gente querendo comer pão doce e tomar suco. A verdade é que eu também queria.

O Muhammed me deu uma palmadinha no ombro quando finalmente paramos de correr. Ele tinha a corda de pular enrolada numa das mãos.

Os dias em que corríamos no corredor eram cada vez mais claros. Luminosos. Sem humilhação, eu queria crer, de qualquer forma. Passamos correndo pela porta do Thobias, que estava aberta, ele se recusava a mantê-la fechada.

— Que diabos, eu sofro de claustrofobia! — ele gritou para todo mundo na enfermaria ouvir.

— Isso é porque você tem a tua própria cabeça trancafiada. Eu entendo porque foi que a tua esposa te deixou. Você não sabe conversar.

Me atrevi a gritar isso quando passamos correndo por ele. Eu estava cagando e andando para o Muhammed que tentava me fazer calar.

— Se você continuar com isso, não vou mais correr contigo.

Eu me detive.

— A ideia foi sua — eu retruquei e fui me afastando.

O Muhammed foi atrás de mim.

— Então fecha a matraca — ele disse e então começou a correr outra vez.

Eu gostava de zombar do Thobias quando o Muhammed estava presente. Por que não? Ele que vá se foder. Absolutamente sereno, o Muhammed fechava a porta do Thobias quando ele se levantava e queria sair. Algumas semanas mais tarde, eu iria lamentar todas aquelas palavras que vomitei sobre o Thobias, mas então eu ainda não sabia que iria encontrá-lo à sós no mercadinho do hospital. Ele foi simpático e pediu desculpas e coisa e tal. A esposa dele estava grávida de quatro meses. Eles iriam tentar, ele contou, segurando um saquinho de guloseimas na mão. Vi ele segurando o saquinho bem cheio e eu, que também tinha ido lá comprar a mesma coisa, deixei as guloseimas caírem no chão, provavelmente por estar morrendo de medo.

Até logo — eu disse e então saí correndo dali.

Eu estava tremendo de medo ao voltar para a enfermaria.

"Seja boazinha com todo mundo", eu repetia para mim mesma, como um mantra, sentada na beira da cama e chorando. Não existe apenas um agora mas também um depois em que estará sozinha, sem ninguém que se preocupe com o que vai te acontecer.

Eu não sabia disso quando corria com o Muhammed, me sentindo imbatível. Como muitas vezes quando nos encontramos numa condição que não reconhecemos, nos tornamos facilmente implacáveis. Eufóricos. Todos os percalços de repente parecem desaparecer. Eu não precisava de ninguém. De ninguém. Eu era livre. Eu era a forjadora da minha própria felicidade. Eu seria até mesmo capaz de transformar água em foca. De temperar o aço. Daria tudo certo. Daria tudo certo na casa que ficava jogada numa rua junto à antiga caixa d'água, onde o vento reinava sem qualquer resistência. Os corvos e as gralhas chilreiam noite afora no parque ao lado da casa. Essas aves asquerosas.

E por que não? As coisas só podem melhorar. Já estão melhores. O que, ou quem, poderia me deter? Ninguém iria me deter. Nada poderia me fazer retroceder. Eu e as crianças iríamos ficar numa boa. Iríamos nos aproximar ainda mais. Ficar ainda melhor. De fato, eu acreditava nisso de corpo e alma. Eu suportaria tudo simplesmente porque queria. Transformar o tédio numa marcha triunfal. Eu não sabia sobre o que eu iria triunfar, porém, como não havia ninguém para estorvar meus pensamentos, era só seguir adiante. Confiança. Era isso que eu iria recuperar. A confiança e a alegria deles, acesso aos seus sonhos e fantasias. Seria tão fácil. Iríamos andar a cavalo na praia e moldar soldadinhos de chumbo. Eu nunca mais iria assustá-los. Eu podia ir da depressão profunda à euforia em apenas uma hora. Agora basta! Eu era totalmente confiável. Iríamos pegar o trem até a minha cidade natal e eu iria mostrar a eles o parque Humlegården, a Biblioteca Régia, o teatro.[i] Iríamos à peças infantis, aplaudiríamos e visitaríamos amigos que ainda gostavam de mim.

Eu apenas afundara os dedos dos meus pés na sombra. Os meus contornos pareciam traça-

---

[i] Parque no bairro de Östermalm, na região central de Estocolmo. A Biblioteca Régia, que desempenha as funções de biblioteca nacional da Suécia, fica na extremidade sul do parque Humlegården. Já o teatro citado pela autora é o Régio Teatro Dramático (*Dramaten*), que fica a 650 metros da Biblioteca Régia.

dos à tinta. Eu podia dar um empurrão no tempo. Avançar até o dia em que eles seriam forçados a me restituir a mim mesma e às minhas fantasias radiantes. Eles haviam suspendido o tratamento há muito tempo. Eu iria fugir da enfermaria. O Muhammed iria me ajudar.

O que eu não sabia era que o Muhammed logo iria deixar a enfermaria junto com o Thobias.

O Thobias seria transferido para outra enfermaria e os funcionários respiraram aliviados. O Muhammed não precisava mais nos vigiar o dia inteiro. Eu lamentava não poder mais ficar perto dele. Por que iriam transferir o Thobias?

Antes de deixar a nossa enfermaria, o Muhammed disse que iria rezar por mim, depois ele sumiu para o lugar aonde fora requisitado. Eu sentia muito mais falta dele do que deveria. Descobri com o Muhammed coisas das quais eu não tinha a mínima ideia. Ele me contava a respeito do Alcorão e, enquanto o fazia, senti que aquela enfermaria talvez ainda fosse o melhor lugar para mim. Ele me explicava os benefícios peculiares da reza e, quando perguntei se ele rezava no hospital, ele respondeu que sim.

— Como assim? Eu nunca te vi rezando — perguntei.

— Como você sabe que não?

Ele tinha uma voz que fazia com que a gente continuasse escutando e quisesse estar onde ele estava.

Porém, tudo tem um fim.

Subitamente, ele não estava mais ali e, quando eu me metia em alguma confusão com alguém, não era o Muhammed que intervinha, mas sim um cuidador com uma seringa em riste.

Como eu já mencionei antes, havia sempre vários cuidadores naquela enfermaria.

A Britt, a Charlotta, o Varg, a Elsa, o Christian e a Sofia. Os meus preferidos eram, é claro, o Aalif e o Muhammed, que eu talvez nunca mais voltasse a ver. Era a irmã Maria, porém, que conseguia mesmo me fazer falar a respeito do que acontecia dentro de mim. Os cuidadores em geral eram bons, mas simplesmente aceitavam as coisas como eram. Nenhum deles queria se envolver. Nenhum deles se animava a dizer algo positivo antes das consultas com o médico. Nenhum deles questionava por que eu havia sido internada naquela enfermaria, estavam sempre na defensiva, defensiva, defensiva, exceto a Maria, que me passava a sensação de que gostaria que eu continuasse ali com eles, mas também que eu voltasse para casa, para a minha própria realidade, e seguisse o meu caminho.

Era sempre ela quem vinha me buscar quando chegava a minha vez de falar cara a cara com o médico-responsável. A Maria me arrastava pelo corredor, era preciso ir logo ao encontro do médico que por acaso passasse pela enfermaria com seus papéis e suas costas eretas. O consultório, cuja porta ele abria, ou ela, indicava que ninguém se importava com aquele lugar. Havia apenas uma mesa e algumas cadeiras, lâmpadas fluorescentes coruscando no teto.

Eu dormia sem parar, me recusava a comer, a cada vez que botava a cabeça no travesseiro era como se estivesse morrendo. Eu não sabia se iria acordar depois de uma sessão de tratamento. Ou se era uma recusa, uma tristeza muda da qual eu jamais iria escapar.

Permita-se morrer, a frase ecoava na minha cabeça. Dormir, dormir, talvez sonhar.

A ideia de morrer não havia passado? O que fazer, então?

Certo dia, a Maria abriu subitamente a porta do meu quarto e disse que já era hora. Que já me alertara várias vezes e, se eu não me levantasse, iria chamar alguém para ajudar. Eu disse "desculpa" e me ergui da cama. Depois de muito tempo. Fui contando os passos pelo corredor para poder me acalmar e me preparar para a consulta em seguida. Ao passar pelo número cinquenta e quatro, parei em frente à porta, que se abriu tão rapidamente como fechou.

O desgraçado do médico-responsável fazia de conta que lia o meu prontuário enquanto falava:

— De resto, você devia estar contente de ter se aprumado. Apesar de ter exigido várias sessões num intervalo curto, seu tratamento foi, no geral, bem-sucedido.

Eu disse que era escritora e que precisava da minha memória.

Só então ele olhou para mim e disse que as lembranças voltariam:

— Elas sempre voltam. Mais cedo ou mais tarde. Talvez não todas, de fato, não todas, mas é difícil, senão impossível, encontrar um tratamento totalmente sem efeitos colaterais. Você entende isso, não? Depois, você sempre pode inventar algo. Afinal, não é isso que os escritores fazem?

Quando ele disse isso, tudo escureceu diante dos meus olhos, e eu não sabia o que fazer comigo mesma. Tentei me controlar, mas, mesmo assim, acabei indo para cima dele, apertei o seu pescoço e fiquei contente ao ver o verdadeiro pavor nos seus olhos.

É claro que fui punida. "Sob supervisão", é assim que eles designam por lá os pacientes que devem ser vigiados o tempo todo. Logo comecei a abreviar aquela designação: "SS".

Aquilo era insuportável. Como se já não bastasse a miserável pessoa que eu tinha como companhia. Não é nada fácil fazer o que quer que seja quando há um cuidador o tempo todo sentado no mesmo quarto. Eu não conseguia ler. Nem escrever. Nem pensar. Aquilo era uma idiotice. Eles se revezavam. A vigilância era uma provação até para os próprios cuidadores.

Durante a madrugada, o pessoal do turno da noite usava uma lanterna para verificar se a gente estava respirando. Passavam de cinco em cinco minutos, numa vigilância constante. Havia uma escotilha na porta para que pudessem espiar dentro do quarto.

A lanterna me acossava, naquele ritmo, a madrugada toda, tornando impossível dormir.

A luz primeiro batia nos olhos, depois se arrastava pelo quarto, como um farol na escuridão do oceano.

Calmantes e mais uma sequência de sessões, acompanhamento constante durante várias semanas, durante meses.

Na vez seguinte que vi o médico de quem fui para cima, eu já não me lembrava dele.

A irmã Maria me aconselhou a coletar as minhas lembranças, o quanto antes melhor. Ela não estava contente com o resultado do meu tratamento. Com o fato de eu só andar pelo corredor e, ao menor contato, pular num sobressalto. Ela perguntou se eu me lembrava dos meus filhos e respondi que, sim, claro.

— Então, como eles se chamam? — ela perguntou.

Tentei responder, mas quando eu ia dizer "Anna", senti uma dor no fundo dos olhos, como quando as lágrimas estão para verter e, sempre que eu começava a chorar, não conseguia mais parar.

— Pense nos seus filhos. Pense no que eles estão fazendo enquanto você está aqui. O que será que eles estão fazendo agora mesmo? — disse a Maria, que viu aquelas lágrimas como um bom sinal.

Quando ela disse aquilo, eu comecei a chorar mais ainda e caí nos braços dela. Ela me abraçou enquanto eu chorava e disse, depois de algum tempo:

— Talvez você devesse começar a pensar neles quando eram pequenos. Foi uma época feliz, se entendi direito, não?

Talvez fosse um ato de covardia da minha parte recuar. Vi a Anna, a Olivia e o Josef, o meu marido e a mim mesma como numa fotografia. Estávamos de férias, umas férias ansiosamente aguardadas. O meu marido havia trabalhado dia e noite num livro até que finalmente ficou pronto, foi um alívio incrível poder voltar à normalidade. Sem ter que correr feito louca, de um lado para o outro, no apartamento na cidade em que morávamos na época. Reunir as crianças, fazê-las permanecerem à mesa um pouco mais do que alguns minutos, alimentá-las, colocá-las para dormir. Eu achava que tudo voltaria a ser como era. Eu ainda não sabia o que viria a saber depois. Que aquilo era apenas o começo, e que o final seria muito pior do que eu jamais poderia imaginar.

Você havia reservado a viagem caindo de sono, você sempre quis conhecer as Maldivas. Foi uma viagem inesquecível, com nossos três filhos e um passageiro mal-humorado que tentou fazer com que eles ficassem quietos, o que nós mesmos não conseguíamos. Os nossos filhos tinham três, cinco e seis anos, era pedir demais que eles não fizessem barulho algum. Eu, que tenho dificuldade em controlar a minha agressividade, xinguei aquele sujeito gordo e de olhos suínos que reclamava quase aos gritos:

— Não surpreende que você não entenda nada de crianças, pois mulher nenhuma teria coragem de chegar perto de você.

Você, que tinha aversão a discussões em público, tentou em vão me acalmar. Não havia nada demais, afinal. As crianças adoravam viajar, gritaram um pouquinho, e bem nesse momento aquele sujeito gordo resolveu se manifestar, como se estivesse esperando a deixa para que a sua voz fosse ouvida.

— Homens de idade não ouvem lá muito bem mesmo — eu o interrompi.

Ao chegarmos ao hotel, só víamos palmeiras e folhagens, muitíssimas, com sombras e moitas.

Você observou a paisagem e exclamou:

— Mas que diabos é esse lugar?

De fato, estávamos em Maurício, e não no seu destino dos sonhos, as Maldivas. Eu passei as férias inteiras deitada debaixo de uma sombra com as crianças e dizia:

— Ah, como é bom aqui em Maurício. Maurício. Maurício.

Acho que ele merecia ouvir isso. O que a gente faria nas Maldivas? Tanto mais que eu não suporto sol.

De toda forma, foi uma viagem dos sonhos, nem me atrevi a pensar quanto tinha custado. É bem verdade que os livros do meu marido haviam começado a vender que nem pão quente e, com isso, nós, que nunca estivemos nem aí para o dinheiro, que passávamos pela casa de penhores depois de deixar as crianças na creche, ficamos ricos. Bem, talvez não exatamente ricos, mas ao menos não passávamos mais sufoco nem recebíamos mais a visita daqueles sujeitos com suas perguntas:

— Vocês não pagaram isso, nem isso e nem isso — eles diziam, brandindo um punhado de contas. — Elas entraram em cobrança há muito tempo. Vocês possuem algum patrimônio? Obras de arte? Móveis? Quem sabe algum imóvel não declarado?

Como se chamam mesmo aqueles sujeitos? Cobrancistas?[ii]

A minha mãe me ensinara a ser bastante cordial e simpática com aquele tipo de gente. Vivíamos num apartamento de quatro quartos, sala e cozinha em Malmö que trocamos pelo belo apartamento em que a minha mãe vivia antes de cedê-lo a nós, dois pais evadidos com crianças pequenas.

Você se mudou para a Suécia trazendo uma biblioteca na sua mudança, que era três vezes maior do que a minha.

---

ii *Infodringsmän*: jogo de palavras com *kronofogdemän*, espécie de cobradores e executores oficiais que trabalham no órgão público conhecido como *Kronofogden* (Ofício Nacional de Cobrança e Execuções).

Naquele apartamento de luxo, misturamos nossos livros nas suas estantes pela primeira vez.

Sequer pensamos que a minha mãe mais tarde iria sentir falta do apartamento de dois quartos na rua Regeringsgatan,[iii] bem diante do Clube Nalen.[iv] Afinal, o futuro pertencia a nós.

— Quero ter uma penca de filhos — você disse.

Eu também queria ter vários filhos. Uma família de verdade.

— Sejam bem-vindos. Compreendo. Excelente, obrigada! De fato, não temos isso minimamente organizado. Somos escritores. Vamos pagar tudo agora. Quer dizer, amanhã. Quando pudermos. Obrigada pela visita e pelo incômodo! Tenham um ótimo dia! Obrigada. Obrigada — eu disse àqueles cobranceiros.

Fechei a porta às costas deles e rimos juntos.

[iii] A *Regeringsgatan* (literalmente, "rua do Governo") é uma rua que fica no bairro de Norrmalm, centro comercial e financeiro de Estocolmo, sendo uma das mais antigas ruas da cidade.

[iv] Tradicional sala de música construída em 1888, atualmente administrada pela Associação de Artistas e Músicos da Suécia.

— Aquela mesa horrível da mamãe que guardamos no depósito.

— Talvez eles também possam levar o armário — você disse.

— Não, o armário não, ele sempre fez parte da minha vida e já existia muito antes de mim.

Poucos anos depois, aquele armário estaria totalmente impregnado de fumaça de cigarro, no seu espaço de trabalho, da mesma forma que a mesa que um dia também pertencera à minha mãe.

— Por que você colocou os móveis da minha mãe na sua cabana-escritório?

Os nossos filhos iriam mais tarde se lembrar daquela viagem a Maurício como a melhor da vida deles. Tartarugas e enguias se enroscando nos nossos pés quando entrávamos na água. O zoológico interminável e o clima agradável. Os entardeceres curtos e as noites escuras. Assim devia ser para sempre.

Talvez por ser inofensiva é que essa lembrança foi a primeira a surgir. Não sei. Eu disse à Maria que eu queria ir logo para casa e ela respondeu que não fazia sentido pensar nisso.

— Você deve ficar aqui internada na calma e na tranquilidade. Quando você estiver pronta, eles vão lhe dar alta.

Quando eu reclamei e gritei e corri, derrubando um pobre paciente que não tinha culpa de nada, recebi mais uma injeção, e a última coisa de que me lembro antes de adormecer é do rosto da irmã Maria encurvada em cima de mim. Ela sussurrou para mim:

— Peço que não se lembre de mais coisas do que você consegue aguentar nesse momento.

Então dei um tempo daquelas lembranças. De resto, eu não tinha como saber do que me lembrava e do que havia esquecido. Não aqui. Eu teria que estar de volta à minha vida real lá fora para poder saber. Meses depois, eu estava no salão de eventos da escola dos meus filhos para assistir a uma palestra sobre a importância da leitura para a imaginação e para o futuro bem-estar das crianças. Quando a palestra acabou, nós, os pais, devíamos nos dirigir à sala de aula dos nossos filhos, para as reuniões com os professores, e de repente eu não sabia onde estava. Eu tinha três filhos na escola, e estava prestes a decidir em qual das três salas eu iria primeiro, quando me dei conta de que não tinha a menor ideia de onde ficavam as salas em que meus filhos estudavam ou quais eram os seus professores. Fiquei totalmente paralisada enquanto o salão se esvaziava e, depois que todo mundo saiu, fui até a diretora e perguntei onde ficava a sala de aula dos meus filhos. Ela me acompanhou, sem demonstrar que estava achando aquilo um tanto esquisito.

Mas isso foi muito tempo depois, agora eu ainda errava de um lado para o outro pelos corredores do hospital e não me lembrava de nada do que acontecera depois do verão. Bem, da ambulância aérea eu me lembrava. Tem certeza? Não. Talvez não. O que foi que eu disse? Sim, eu me lembro. O barulho do motor, os enfermeiros, a maca. Eu, deitada e amarrada, e havia ainda um eco. Os anos em que moramos no interior também não consigo descrever exatamente. Eu me lembro das crianças e de que você ficava na sua cabana-escritório, lembro que eu escrevia e das poucas vezes em que recebemos alguma visita.

Lembro que você vendeu a casa e ficou com o dinheiro, como um escroque.

Dos funcionários da enfermaria eu me lembrava, porque afinal já os havia visto tantas vezes nas internações anteriores. Aquilo precisava ter um fim. Essa teria que ser a última internação. Senão, eles continuariam a me tratar mais e mais vezes com eletroconvulsoterapia até que um dia eu me transformasse naquela mulher de pedra que ficava no corredor. Aquela mulher que vi já na minha primeira consulta numa enfermaria como essa, quando eu era jovem e não entendia nada do que me acontecia. Desde então, aquela mulher me dava medo todos os dias, a qualquer hora. Eu gostaria de esquecê-la de uma vez por todas, mas ela não se afastava da minha consciência, como um pesadelo sem fim.

Havia uma paciente. Uma velhinha que ficava sentada o dia inteiro numa cadeira, em silêncio. A cor do rosto dela. Aquela pele acinzentada, o fato de ela ficar ali sentada feito uma rocha viva, respirando. Os olhos dela estavam mortos. Jamais se mexiam. Havia uma membrana branca e turva sobre eles, e todos que a viam compreendiam que ela era uma morta-viva.

Eles tentavam despertá-la aplicando choques. Como disse, eu era jovem na ocasião, e a minha mente se assustava com facilidade e começava a galopar por qualquer ninharia. Eu tentava não desviar o olhar quando a arrastavam para cima da maca depois de cada sessão de eletroconvulsoterapia. Eu não conseguia nem imaginar o horror que ela deve ter padecido. Uma descarga elétrica atravessando a cabeça! Eles passavam pelo saguão onde aguardávamos sentados sem fazer nada ou então ocupados com as nossas aflições, e eu sentia de corpo e alma que não era certo que a gente a visse daquela forma, totalmente indefesa. Nós, que assistíamos ao trajeto dela enfermaria adentro, depois de passar pela fábrica, sabíamos algo a respeito dela que ela mesmo não sabia. Ela era grande como uma baleia e quase não cabia naquela maca estreita. Eram sempre quatro cuidadores a carregá-la por aquele longo trajeto até o quarto dela, onde, juntando seus esforços, eles a arrastavam para cima da cama.

    O corpo dela debaixo da manta hospitalar amarela. Eu ficava desesperada com a forma como a transportavam. Ali estava ela, exposta. Desacordada, num sono profundo. Aquilo não era certo. Disso eu tinha certeza.

    Que eu própria, anos mais tarde, fosse ser transportada daquela mesma forma, em meio ao sono mais profundo, exposta à vista de todos, não me parecia, apesar de tudo, igualmente temerário. Não sei por quê. Tentava imaginar como eu devia jazer ali, em cima de uma maca, à vista de todos. No entanto, agora éramos tantos os que percorríamos o mesmo trajeto ao deixar a fábrica que aquilo já não representava nada de extraordinário, era algo a que todos nós estávamos acostumados.

Os médicos que dizem que o tratamento funciona, sem saber exatamente por que ele funciona. Mencionam o alívio imediato para o paciente. Algo que se assemelha à euforia e é interpretado como uma melhora do paciente.

Se os choques fossem assim tão tremendamente magníficos, por que a eletroconvulsoterapia é proibida em vários países? Na maior parte dos estados nos EUA, nos Países Baixos e na Alemanha, a eletroconvulsoterapia raramente é usada, e na Itália é proibida.

Vou me mudar para lá, onde eu, talvez, estarei finalmente segura. Só nos países nórdicos e anglo-saxônicos esse tratamento é louvado.

São maneiras fundamentalmente diferentes de ver o ser humano. Seus valores. Sua alma. Suas lembranças.

A eletroconvulsoterapia começou a ser utilizada em 1938 por um psiquiatra italiano,[v] ins-

---

v   Refere-se ao neuropsiquiatra italiano Ugo Cerletti (1877–1963), que realizou a primeira terapia convulsiva induzida eletricamente com finalidade terapêutica em 1938.

pirado no que ele observara num matadouro. Ele percebera como os suínos agitados se acalmavam ao receber choques elétricos. Já sei, vamos fazer isso com os seres humanos mais frágeis. Os seres humanos que não conseguem falar por si mesmos.

Os pesquisadores que se opõem aos eletrochoques alegam que a euforia por si só já representa um sintoma de lesão cerebral. Outros pesquisadores refutam isso. Trata-se de um campo de batalha no qual os eletrochoques são os vencedores evidentes. Ao menos na parte do mundo onde me encontro.

As células cerebrais são destruídas, como vários afirmam, ou se regeneram mais rápido, como dizem outros? As células do cérebro humano se renovam numa velocidade alucinante e são especialmente sensíveis aos choques. Aqueles desgraçados sabem muito bem disso. Os neurologistas já demonstraram ambos os fatos e ninguém sabe de que forma indivíduos diferentes são afetados. Os pesquisadores mais críticos descrevem a eletroconvulsoterapia como uma catástrofe neurológica.

Esse é o pomo da discórdia.

Por outro lado, todos concordam que a memória é enormemente afetada. Todos concordam.

Isso eu ainda não sabia naquela ocasião. As informações que recebi foram as que eu já mencionei antes. O tratamento era leve. E podia ser comparado com reinicializar um computador. Era preciso ser muito forte para se opor aos médicos, e esse tipo de força era algo que não havia de sobra nessa enfermaria. Além disso, eles não precisam de consentimento algum caso o paciente estivesse lá coercitivamente, como era o meu caso. Avançavam sem freios. Havia sempre uma mesa preparada te aguardando todas as segundas, quartas e sextas-feiras.

A Suécia é o país onde se faz o maior número de tratamentos com eletrochoque per capita em todo esse vasto mundo velho.

Devo dizer algo importante de imediato: não tenham medo. Tudo aquilo de que eu realmente tinha medo aconteceu. Por isso digo a vocês: não tenham medo. Refleti muitas vezes sobre o que é a liberdade e cheguei à conclusão de que a liberdade exige responsabilidade, respeito a si mesmo e um coração cálido e tranquilo.

Eu poderia parar por aqui, mas vamos avançar mais um pouquinho, ou tanto quanto nós todos quisermos. Você pode saltar fora dessa narrativa a qualquer momento, e é isso que torna esse acordo tão especial. Quero dizer mais uma coisa. Cuidem bem dos seus sonhos. Há quem diga que não existe nada mais chato do que ouvir outra pessoa contar os seus sonhos, o que sempre me faz pensar: como é possível que as pessoas sejam tão diferentes?

Para mim, não há nada mais empolgante do que quando alguém, de preferência alguém próximo, me conta os seus sonhos. Ganhar acesso às fantasias mais desenfreadas da pessoa, nas quais nada se parece com a realidade em que vivemos e, apesar disso, podem iluminar a situação em que ele ou ela se encontra nesse exato momento.

Por vezes, os sonhos são capazes de definir uma escolha para a vida toda, sem que a gente mesmo tenha consciência disso. Eu tive o seguinte sonho na noite anterior ao dia em que decidi me tornar escritora. Eu estava desesperada. O meu sonho de me tornar atriz havia naufragado. Eu nunca mais faria teatro. Fiz esse juramento para mim mesma, por tudo o que há de mais sagrado, e é o tipo de promessa que a gente mantém para sempre. Mais uma vez, eu não fora aprovada na academia de arte dramática, o que eu tanto desejava. Me disseram que eu não sabia colaborar e fiquei matutando com meus botões, no trem noturno a caminho da bela mas fria cidade onde eu morava na época, em que foi que eu não colaborei. Teria sido em algum momento da prova final?

Perscrutei minha memória até descobrir.

Quando estávamos repassando o texto que iríamos encenar, achei que já havíamos repassado o suficiente.

— Temos que subir ao palco — eu disse — senão, quando chegar a hora de apresentar a cena para o júri, ainda estaremos aqui sentados repassando o texto.

Bem no momento que um dos jurados entrou pela porta para ver como ia nosso trabalho, perguntei:

— Podemos parar de ler em voz baixa?

Terá sido essa a razão?

Com certeza foi o doutor, digo, o professor polonês,[vi] aquele grande pedagogo com quem eu dividi o elevador até o sexto andar. Ele olhou bem nos meus olhos e disse:

— Você está com medo do que eu achei.

---

vi   Trocadilho intraduzível em português, envolvendo duas palavras com grafia quase idêntica em sueco *läkaren/läraren* ("o médico"/"o professor").

Naquela noite, antes de me deitar para dormir, terminei com o namorado com quem eu vivia e que teve a delicadeza de ir me buscar na estação ferroviária, pois me conhecia e sabia como eu estava devastada. Pedi que ele saísse imediatamente do apartamento. Depois, adormeci e tive o seguinte sonho:

Era verão, e eu estava de férias em duas ilhas vizinhas uma da outra, no arquipélago de Estocolmo.[vii] Eu vivia uma existência tão deleitosa na qual nunca me preocupava com nada, nem com o que iria fazer a seguir, nem com se o que eu já fizera até então era bom o suficiente. Pegava uma balsa pequena que fazia o trajeto entre as duas ilhas e, uma vez que a viagem só levava alguns poucos minutos, eu, com uma leveza despreocupada, ora estava numa ilha ora em outra. Conversava com todos sem medo, e aquelas férias de verão pareciam infinitas. Porém, como sempre quando a gente passa muito tempo num estado paradisíaco, a paz se converte em terror. De repente ele estava de volta, o meu pai, que já morrera, estava ali diante de mim, vivinho da silva, poucos anos mais

---

[vii] Maior arquipélago da Suécia e um dos maiores do mar Báltico, espalha-se, a partir do litoral da cidade de Estocolmo, por sessenta quilômetros em mar aberto, abarcando cerca de vinte e quatro mil ilhas e ilhotas das mais diversas formas e tamanhos, das quais duzentas são habitadas sendo as principais Vaxholm e Värmdö. Inicialmente habitado por pescadores, o arquipélago converteu-se, com o tempo, em local de veraneio especialmente dos habitantes da região de Estocolmo.

velho do que eu. Olhei o seu abdômen avantajado e fitei bem seus olhos verdes, e ele, com um único gesto, mostrou quem mandava naquela ilha. Ergueu o braço sobre a multidão, que num átimo se desfez às costas dele, e eu soube então que minha vida estava acabada. O desdém que ele demonstrava. Finalmente ele se transformara no homem grandioso que sempre sonhara ser. Era o maioral naquela ilha. Espiei rapidamente na direção do atracadouro, mas não havia balsa alguma, desconheço por que razão me fora permitido ficar lá completamente sozinha. Talvez porque ainda não consegui chegar a lugar nenhum. Olhei em direção ao mar. Fiquei ali por um bom tempo, até que algo parecido a uma fera marinha emergiu das profundezas.

Uma locomotiva preta se ergueu, e seus vagões se converteram na cauda daquele monstro. A locomotiva se tornou visível num repente, brilhante sob o sol, para depois submergir nas profundezas. Eu sabia que a única maneira de escapar daquela ilha governada por meu pai seria conseguir chegar até o trem. O trem que me deixou apavorada até o meu âmago mais recôndito. Porém, em vez de me jogar no mar, nadar na direção dos vagões pretos e escapar dali de qualquer maneira, desejei, isso sim, poder pintar um quadro para que eu jamais esquecesse da visão daquela locomotiva preta emergindo das profundezas e se exibindo. No fim das contas, decidi permanecer naquela ilha onde o meu pai iria me atormentar por toda a eternidade. Quando acordei, quase no final da tarde, o carteiro já havia passado, e a carta no capacho da porta dizia que eu era bem-vinda no curso de formação de escritores no qual eu esquecera que havia me matriculado.

Em todo caso, eu havia conseguido uma vaga naquela merda de escola desgraçada.

Devo admitir: algo fez com que eu me sentisse bem de imediato. Eu acreditava no destino e fiquei, apesar dos pesares, aliviada de poder me dedicar a algo que, afinal de contas, me interessava de verdade, e foi assim que tudo começou. Depois de um ano e meio na ilha, terminei de escrever o meu primeiro livro. Foi como se eu o tivesse escrito durante o sono e isso me deixou realmente assustada, pois a sensação era como se eu não soubesse o que estava fazendo ao escrevê-lo. Essa sensação nunca me abandonou, mas talvez eu tenha me acostumado um pouco com ela.

Sei que sou incapaz de opor resistência quando o meu âmago me pede para fazer algo. Por anos, fui tão apaixonada por um homem do lado de lá do oceano Atlântico que eu sequer conseguia entender como continuar vivendo depois que ele primeiro me seduziu e depois me largou como se eu não valesse nada. Numa carta, ele me escreveu que chegara à conclusão de que queria entrar em contato comigo, e senti dentro de mim uma alegria impossível de conter ao ler aquilo. Por isso, algumas semanas depois, quando ele escreveu "Estar contigo é uma aposta que ninguém seria capaz de recomendar", despenquei num limbo no qual permaneci por vários anos e no qual eu talvez ainda me encontre. Foi ele que, pela primeira vez, se referiu com palavras àquela fragilidade à qual, anos mais tarde, eles dariam um nome na fábrica. Eu era alguém desenraizada, alguém sem destino, e nas minhas fantasias eu sempre queria provar a ele que ele estava errado. Que eu era uma pessoa totalmente normal, equilibrada, mas eu nunca conseguia. Em vez disso, eu escrevia cartas desesperadas e banais para ele, o que só piorava a minha situação. Ele formou uma família e teve filhos e eu fiz a mesma coisa e jurei por tudo que há de sagrado que nunca mais iria entrar em contato com ele, mas no fim acabei fazendo isso. Trocamos fotografias dos nossos filhos e enviei a ele a tradução em inglês do meu primeiro livro e não recebi resposta alguma. Mais tarde, quando o meu marido me deixou, pensei que era a ele que eu devia ter provado isso. Eu devia ter provado a ele que eu estava lá de corpo e alma com ele e com nossos filhos, aos quais eu era tão grudada que percebia até a menor mudança no rosto e no corpo, e apesar disso eu lhes causava aquele desapontamento constante quando os deixava. Como eu era capaz de escolher a fábrica em vez daqueles a quem eu amava? O que eu estava buscando naqueles corredores quando eu já tinha em casa tudo o que mais desejava, aquela família que pela primeira vez na vida era minha? Por que eu fugia daqueles a quem eu amava? Quem pode saber de que forma os caminhos se entrecruzam? Como permanecer e permitir que tudo escorra pela gente no lugar em que queremos estar? Dependência e liberdade não suprem uma à outra. Não podemos receber só amor.

Sinto as minhas coxas debaixo da saia quando caminho. Acho que vou deixar esse lugar.

É um dia absolutamente normal. O Aalif ajuda uma velhinha a se levantar. Ele a chama de "My Lady".

No lugar aonde a minha fantasia me levara havia patinadores no lago, café numa térmica, laranjas. Eu voltava a ver em Luleå os quebra-gelos aos quais eu acenava quando partiam de Estocolmo. Como a gente aguenta? A gente chora. A gente muda. Calcula os passos. A neve jazia lá há meses. Você atirava para mim uma prenda a cada manhã como se eu fosse um cão. Esse talvez tenha sido o primeiro sinal. Esse dia sabe a ferro na boca. Sabemos que somos solitários. Os filhos vieram um depois do outro. Nada de mal aconteceria com eles. As mãos deles contra o céu. Colhíamos estrelas. Lavávamos. Nos nutríamos um do outro.

Nossos sonhos lamentavam sua origem. Esquecíamos para dar lugar. Tínhamos medo da morte? Sim, mas tínhamos ainda mais medo da vida.

Estou cansada. Cansada de tudo. Não consigo olhar para fora da janela de tanto mosquito.

Onde está a chave do cofre de armas? Estou desperdiçando a minha vida dormindo. O Zahid me dá um remédio. Os eletrochoques parecem não ser suficientes. A bosta da minha medicação normal, que me causava erupção na pele do corpo todo e me deixava desidratada, ou seja, fazia mais mal do que bem. Uma tireoide hiperativa e mais tarde até mesmo furúnculos. Depois, viajei para participar do festival de literatura em Lofoten com um furúnculo numa das polpas graças ao qual eu não podia me sentar. Era um lugar incrível, Lofoten. Aquela água cristalina. As noites claras e as montanhas altas. Tão bonito quanto perigoso. Na Bótnia Ocidental, onde o meu pai nasceu e se criou, a minha doença era conhecida como "mal do raio de sol".

Você devia ter ficado lá, pai. Você sabe que eu tenho razão.

A cortina esvoaça. Apesar de não haver janela alguma aberta. É óbvio que não há janela alguma aberta.

Você está aí? Eu via meu pai com frequência em algo que acontecia, numa multidão, no trem.

Às vezes, ele estava por tudo. Fui rígida demais contigo, pai? Não sei, Linda. Você foi rígida? Eu te assustava quando era vivo? O que *você* acha? Você se lembra da vez em que ficamos só nós dois no apartamento e eu me deitei às cinco da tarde para ficar longe de ti? Você me perguntou a mesma coisa então: Você tem medo de mim? Não. Só estou cansada, pai.

O Zahid caminha rápido pelo corredor e ouve-se de longe o barulho dos calçados de plástico azul claro batendo no piso. Ele olha para mim e pergunta como estou. Em vez de responder, pergunto como *ele* está, ele ri e responde que se sente nervoso pois tem que viajar ao Afeganistão para comparecer ao casamento do irmão. Pergunto se ele preferia não ir e ele responde que "sim, porém, você sabe...". De repente, me sinto como uma garotinha imatura que não consegue fazer a lição de casa, não consegue definir o próprio futuro, e então peço desculpas. O Zahid dá uma risada e diz:

— Certamente há várias pessoas a quem você deve um pedido de desculpa, mas não a mim.

Ele aguardou até eu engolir a medicação e depois seguiu adiante com o carrinho, depois de dizer "até amanhã". Me angustio só de pensar como irá doer quando ele enfiar a agulha.

Um dia, acordei depois do tratamento com uma pupila dilatada e a outra contraída como um ponto. Aquilo gerou intranquilidade na fábrica. Era algo que fugia das expectativas e então decidiram fazer uma tomografia do meu cérebro. Me olhei no espelho e a irmã Maria ficou a meu lado e parecia desolada com a possibilidade de eu ficar daquele jeito para sempre. O que foi que fizeram comigo? Eu não estava nem aí para as minhas pupilas. Tanto fazia que eu tivesse uma pupila que bloqueasse a luz e outra que deixasse tudo passar. Pupilas bipolares. Excelente, pois assim seria visível a todos que tipo de pessoa eu era.

De toda forma, o pobre Zahid era quem tinha que enfiar aquela agulha grossa, ele estava ainda mais temeroso do que de costume e errou ao puncionar, fazendo o sangue espirrar tanto em mim quanto nele. Ele pediu desculpas e eu respondi que não me importava. Ele estava bastante nervoso enquanto limpava o sangue que espirrara na gente, depois, com o rosto pálido de tão branco, disse que tínhamos que tentar outra vez. Ninguém podia cometer erros na fábrica. Eram tão poucos os cuidadores e os enfermeiros que trabalhavam naquela enfermaria, ao mesmo tempo em que ele devia me puncionar novamente com a agulha grossa, ele também devia de fato, como se esperava de um profissional como ele, começar a distribuir os medicamentos separados por número na porta dos nossos quartos. Por isso, ele puncionou como se aquilo fosse uma questão de vida ou morte e, para seu próprio alívio, acertou em cheio. Depois, fui levada até alguns andares abaixo onde fui recebida por um médico com uma barba comprida demais, que me colocou numa maca.

— Espero que você não seja claustrofóbica — ele disse, olhando para as minhas pupilas e sacudindo a cabeça, como que para me mostrar que agora eles realmente tinham feito cagada.

Logo em seguida, entrei num tubo comprido onde o meu cérebro foi fotografado. Mais tarde na enfermaria pedi para ver as fotografias, mas o caso estava a cargo dos eletroterapeutas e aquele acontecimento foi esquecido tão rapidamente como havia acontecido. Alguns dias mais tarde, as pupilas estavam normais e o tratamento pode ser retomado.

Mais uma vez eu estava ali sentada na sala de espera com o Aalif, perguntei a ele se ele estava aborrecido. Ele respondeu que jamais ficava aborrecido. Me ergui, mas ele me puxou com cuidado, fazendo eu voltar a me sentar no banco, riu como sempre ria e disse:

— Tudo certo. Sob controle. Sob controle.

O treinamento de memória da Maria comigo foi uma invenção totalmente dela. O tempo que levava para ela me perguntar se eu lembrava onde eu me criei ou o que aconteceu no dia seguinte ao que o meu marido disse que queria o divórcio, ela poupava enfiando as agulhas mais rápido que os outros e, como eu disse antes, sem que os pacientes sentissem nada. A Maria se criou na Áustria e falava de seu país natal como se fosse o paraíso na terra, com seu ar claro e suas paisagens verdes e ondulantes. "E que escritores!" — ela sussurrava para mim, e eu só podia concordar com ela. O fato de Maria se importar comigo era um tanto extraordinário, pois ela era a mais rápida em instalar os eletrodos na fábrica.

Ela me pediu para escrever e disse que aquela era a minha saída, porém, nenhuma palavra surgia quando eu me sentava no meu leito com o papel que ela me dera. A Maria não gostava que eu perdesse a memória, isso eu percebia, e ela fazia, portanto, tudo o que podia para que eu a recuperasse.

— Os teus filhos. Pensa nos teus filhos — ela disse.

Eu sempre começava a chorar quando via eles todos à minha frente e ela achava que isso era um ótimo sinal.

— Não evite aquilo que é mais difícil. Se se acovardar, você não vai chegar a lugar algum. E pare de ter pena de você mesma — ela dizia, severa.

Na manhã seguinte, era a minha vez de encontrar o médico responsável, a Charlotta disse. A Charlotta mancava de leve e nunca conseguia dizer não aos pacientes quando eles lhe pediam para comprar coisas fora do hospital. Ela comprava chocolate, cigarros, cartões postais e selos se a gente lhe desse o dinheiro, mas também se não desse, ela era tão boazinha e sabia exatamente quando devia distribuir seus presentes, ou o que quer que ela tivesse recebido dinheiro para comprar, sem que ninguém percebesse. Faltava pouco para ela se aposentar. Ninguém sabia exatamente quando ela se aposentaria e sempre havia uma certa inquietação em torno dela. Será que ela ainda estaria lá no dia seguinte? Ou não? Eu nunca pedi a ela para comprar nada. Eu tinha frêmitos com a mera ideia de fumar um cigarro, e se arranjasse algum, fumaria imediatamente. Quando eu vivia contigo, eu fumava tanto quanto você. Uma vez por dia eu ia até a tua cabana-escritório, fumava um cigarro e trocávamos algumas palavras, apesar de você não gostar que fossem lá te perturbar. Porém, se eu não te perturbasse, a gente nunca conversaria e, apesar de eu saber que era exatamente isso que você queria, não era isso o que eu queria.

Eu sempre sentia medo antes de cada consulta com o médico. Nos poucos minutos de que dispúnhamos, era de fato difícil conseguir dizer qualquer coisa. O médico responsável se encarregava de falar, fazendo com que o paciente deixasse o consultório sem saber mais do que já sabia ao entrar. Porém, dessa vez, eu tinha uma pergunta concreta a fazer, além de tentar me manter otimista e ajuizada para evitar que ele me receitasse mais um ciclo de tratamento. Era impossível, mas eu tentava mesmo assim, isso não iria piorar a minha situação. No entanto, ocorria que, no último instante, eu podia ter subitamente o que eu chamo de ataque por não conseguir achar uma palavra melhor. De repente, eu sentia um aperto no peito como se tivesse um pé enorme em cima dele e não conseguia respirar. Isso acontecia várias vezes por dia, mas com uma intensidade particularmente maior quando eu deitava na minha cama e tentava dormir. Isso aliviava um pouco se eu me levantasse e andasse pelo quarto, por isso, eu praticamente não dormia, e me sentia assustada e debilitada.

    Eu repeti a frase planejada várias vezes até que estava sentada diante dele, quem quer que ele fosse. Ele era novo, como os médicos sempre eram, e começou a consulta dizendo que havia repassado o meu caso, lendo cada folha do meu prontuário desde a primeira vez que botei o pé no hospital.

    — Quanta dedicação! — eu o elogiei, antes de fazer a minha pergunta rápida como um raio.

    Perguntei por que eu subitamente não conseguia respirar e sobre a sensação de não aguentar mais aquilo. Ele olhou para mim, perguntou quando tinha sido a última vez que eu me senti assim e respondi que provavelmente um segundo antes de entrar no consultório. Ele me respondeu sem titubear que eu devia praticar a respiração quadrada.

    — Outro método que é realmente eficaz é apertar gelo — ele disse e então me perguntou se eu gostaria que ele solicitasse que a enfermaria fornecesse sacos de gelo.

Respondi que não, obrigado, que eu preferia fazer respiração quadrada. Criei coragem e disse que entendia que a gente pode desviar os pensamentos momentaneamente de maneira que a sensação de não conseguir respirar desaparecesse, então prossegui dizendo que, no entanto, o método de substituir uma dor por outra no fim das contas deixaria intocada a razão pela qual eu de repente não conseguia respirar e, de resto, e isso se aplicava a todo o sofrimento humano, a gente precisa entender por que a gente sofre de tal maneira que a vida parece impossível de ser vivida, e por que vocês prescrevem a eletroconvulsoterapia quando a única coisa que acontece é que eu esqueço de tudo que é importante para mim, mas aí o horário da consulta acabou e o médico responsável me pediu para sair do consultório enquanto anotava no meu prontuário que eu devia continuar o tratamento.

Eu tinha cada vez mais dificuldade para dormir e isso não se devia ao fato de aquele pé enorme estar em cima do meu peito, quando eu sentia a dificuldade de respirar se aproximando, eu fazia a respiração quadrada como o médico me explicara até aquilo passar. Não, o mais provável era que o sonífero não estivesse funcionando e, sem ele, eu ficava bem desperta. E ficava cada vez mais agitada quando não conseguia dormir, por isso, eu mesma pedia um sonífero mais forte, porém, bem no momento em que os pensamentos paravam de se agitar na minha cabeça cansada e o sono estava ali bem pertinho, e eu, agradecida, embalava num sonho, eu sempre acordava com um solavanco. Isso se repetia durante a noite toda e eu logo me converti numa sombra. Fiquei com olheiras pretas que nem carvão. E eu, que sempre comia porções enormes e repetia várias vezes, até mesmo a comida do hospital, de repente não conseguia comer nada. A fome que me movia adiante a cada dia desapareceu de um só golpe e eu só ficava deitada na minha cama. Emagreci até que por fim a Maria era a única que se animava a me fazer caminhar pelo corredor para tentar me cansar. Depois de uns poucos dias, eu me tornara uma ruína. Eu não conseguia sossegar os meus pensamentos, que me acossavam com uma violência e uma fúria que eu jamais experimentara. Como consequência disso, o meu tratamento foi suspenso.

Numa manhã em que eu estava deitada olhando fixamente para a parede, a Maria entrou no meu quarto. Ela praticamente gritou que eu parasse de me comportar como se fosse uma coitadinha:

— Vou dizer mais uma vez: você não é uma pessoa digna de pena. Não pretendo ficar aqui repetindo para você tudo o que você tem, como você é uma pessoa privilegiada, mas tenta pensar nesse sentido. Essa apatia é ridícula. Você apenas degrada a si mesma. Agarre-se em algo dentro de você mesma para demonstrar que você quer sair daqui — ela disse depois de se acalmar.

Quando ela pronunciou aquelas palavras no meu quarto asqueroso, eu pulei da cama. Eu sabia que jamais seria capaz de bater na Maria, mas queria dar um susto nela, ali parada, gritando sobre responsabilidades e obrigações. Em vez de bater nela, eu respondi aos gritos: Como eu iria sair dali se ela ficava colocando eletrodos na minha cabeça e no meu peito dia após dia? Foi quando ouvimos passos no corredor. Era proibido fazer barulho e a Maria iria botar toda a culpa em mim, pensei, porém, quando os três cuidadores entraram no quarto, ela disse que havia dado uma lição nessa mimada. Depois daquela descompostura, eu não me sentia mais cansada.

Ela conseguira me acordar e eu sentia uma vergonha enorme, afinal, tudo o que ela gritou para mim era verdade.

Fui até o corredor e perguntei ao Zahid, que estava a caminho do posto de enfermagem, o que era preciso para poder sair daquela enfermaria. Ele olhou para mim e respondeu de uma vez que não tinha a mínima ideia. Afinal, era apenas um enfermeiro.

Não lembro o que foi que eu respondi, nem como eu me deitei naquela noite. Naquele momento, eu tinha medo dos meus próprios sonhos.

— Bom dia. Vou colocar a agulha — o Zahid disse.

A mão dele tremia e, para acalmá-lo um pouco, eu comecei a conversar sobre outro assunto. Perguntei se ele afinal iria ou não viajar ao Afeganistão e, enquanto dava tapinhas com os dedos no dorso da minha mão, ele respondeu que partiria na manhã seguinte bem cedinho.

— Por quanto tempo você vai se ausentar? — perguntei.

— Por duas semanas.

— Todos os teus parentes também vão estar lá?

— Sim, quer dizer, não, a minha mãe não vai. Ela não consegue — o Zahid respondeu e então puncionou uma veia da minha mão.

Tentei não demonstrar que aquilo doera.

— Mas se é o casamento do filho dela! — continuei depois que o Zahid ocluiu o acesso com uma atadura, cada coisa no seu lugar, e conectou o tubo na agulha.

Era tudo tão frenético uma vez que chegávamos na fábrica que o acesso para injetar o sonífero já devia estar instalado. Não tinham tempo para agulhar.

— Tem certos assuntos sobre os quais prefiro não falar — o Zahid disse, e então saiu apressado do quarto.

Subitamente, a voz da Maria ecoou na minha cabeça:

— Você é uma mimada. Você não pode continuar agindo como uma adolescente turrona, já é adulta e é mãe de uma carrada de filhos. Você devia é estar em casa cuidando deles e não ficar nessa vida aqui, onde nada faz sentido para ti.

Me levantei e saí correndo corredor afora para pedir desculpas ao Zahid, mas não vi ele em parte alguma. Um cuidador, cujo nome eu nunca fixei, me agarrou e pediu que eu voltasse ao meu quarto.

— O teu tratamento é só às dez. Você pode dormir mais algumas horas — ele disse e me levou de volta ao meu quarto.

Fiquei furiosa comigo mesma. Me soltei das mãos dele e disse que eu era capaz de andar por conta própria. Eu jamais devia ter feito aquilo. Já cometera muitos erros como aquele. Tenho que ter um comportamento impecável para que eles, um dia, encerrem o tratamento e abram as portas do mundo diante do qual eu hesitava. E que eu de fato nunca havia escolhido.

Eu queria aquilo? — perguntei a mim mesma. Sim, claro que sim. Eu desejava continuar ali? Não sei. Você se comporta de uma maneira esquisita. Eu sei. Vou dar um basta nisso. Chega de explosões. Eu juro. Não vou aprontar mais. No dia em que eles não puderem dizer mais nada a meu respeito, vão me liberar. Sim, e o que você pretende fazer quando te liberarem? Não existe mais nada a que você deseje voltar. A casa. Já pensou como seria entrar lá? O que você vê dentro de você ao pisar no átrio? Não tens a mínima ideia. Você se senta no sofá, e depois? Vou ver os meus filhos. Vou morar junto com eles na nossa casa. Sim, sim. O que você vai dizer a eles quando eles chegarem? Já passou tanto tempo. Você sabe tão pouco a respeito de ti mesma. Sempre fui próxima deles. Mesmo assim, você assumiu um risco enorme ao colocar os pés na fábrica. Já estiveste aqui várias vezes. O que você ganha andando à toa nesses corredores? O que você ganha com esse tratamento?

Fiquei parada ao lado da minha cama naquele quarto e o cuidador cujo nome eu nunca lembro me colocou à força na cama. Depois, deu uma risadinha e saiu.

O que eu não consigo entender é por que eles continuam se a única coisa que acontece é eu não me lembrar de nada. Talvez devam esticar a corda a tal ponto que, no fim, eu não lembre nem dos nomes deles nem do que cada um deles fazia. Vou acabar esquecendo até do meu próprio nome e de onde estive. Vou acabar esquecendo da fábrica.

Batidas na porta e o Aalif espia para dentro do quarto:

— Três minutos — ele diz.

Eu me pergunto o que vou fazer durante aqueles três minutos. Me orientar? Me preparar para dar os poucos passos até a fábrica? Fico sentada passando o tempo até que ele bate à porta outra vez.

— Vamos então, My Lady — o Aalif diz e sorri.

Ele traz uma coberta hospitalar amarela sobre um dos braços, a coberta com a qual vou me cobrir para não congelar enquanto durmo. Me levanto e deixo a porta do meu quarto aberta. Ando lado a lado com o Aalif. Se eu fugisse, iriam atrás de mim. Seu eu corresse para longe do Aalif e entrasse num elevador, o elevador iria se deter. Quando um alarme soa, aparecem quatro, seis, sete, dez cuidadores em alguns segundos. Chegam correndo das enfermarias vizinhas. Da primeira vez que eu fugi, foi o Muhammed quem apareceu primeiro. Já falei a respeito do Muhammed? Ele parecia desapontado, como se eu tivesse feito algo que lhe causara um desgosto tremendo. Ele me empurrava pelas costas para que eu andasse na direção certa. Se a gente foge, vão atrás da gente. Não há maneira alguma de escapar do tratamento.

Dei aqueles vinte passos até a fábrica. Agucei os meus sentidos e me armei de coragem. Como quem espera a morte. Talvez era isso que eu estava esperando. Porém, a anestesia sempre implica algum risco. Os anestesistas sabem disso muito bem. Eles são bastante meticulosos, mas já aconteceu de pacientes morrerem sob anestesia. Não sei se isso aconteceu aqui, mas sei que há algum risco. Enquanto eles fazem as perguntas de praxe, se a gente comeu ou bebeu algo no dia, se a gente tem algum dente frouxo, medem a pressão e então, pelo fato da minha pressão ser tão baixa, sempre me perguntam se eu costumo sentir tontura quando me levanto, e eu respondo, como sempre, que nunca senti tontura. Eu poderia dar uma resposta qualquer, porém, os anestesistas têm uma tal aura de autoridade que a gente estranhamente quer mostrar o melhor lado de si, e ser alguém que não sente tontura é melhor do que ser alguém que sente tontura. Acho um pouco estranho o fato de eles não me reconhecerem. A essa altura, já deviam saber que eu não sinto tontura, no entanto, a cada vez que eles me veem, parece que nunca me viram antes. O anestesista faz um sinal com a cabeça ao médico residente que está a postos com a máscara de oxigênio e, enquanto inspirava profundamente o oxigênio como eles me disseram para fazer, me ocorre o pensamento de que talvez a anestesia não me faça dormir e que eles irão me aplicar os choques comigo ainda acordada. Inspiro profundamente e imagino a dor e no exato momento em que ia tentar tirar a máscara de oxigênio para fazer uma pergunta ao anestesista, eles injetam o anestésico e a sombra negra e fria que me acomete desliga a consciência totalmente, e eles já podem me entregar ao eletroterapeuta que sem sequer pestanejar inicia a aplicação dos choques.

Me pergunto o que é que se move dentro de mim enquanto fico ali deitada ao lado dos outros também anestesiados, se sinto algum tipo de mal-estar. Será que é possível não ser absolutamente afetada pelo aperto detrás daquela cortina pesada? Acredito que cada uma daquelas pessoas entorpecidas em suas macas sente a proximidade uma da outra. Talvez a gente ache que são nossos irmãos ali deitados ao nosso lado, porém, aquele sono anestesiado deixa a gente impossibilitado de sequer se virar para evitar roçar em alguém. Você dorme aquele sono forçado e, nos sonhos que você sonha, movem-se as pessoas que estão o tempo todo na tua consciência, porém, de uma forma que te leva cada vez mais para dentro daquele recinto que você tem certeza que é o recinto da morte. Você testemunha o seu próprio sepultamento, porém, quando é o momento de te enfiarem na terra, você se vê de repente sobre um piso de plástico recém-lavado.

A enfermeira entra no quarto aonde te levaram sem saber como o fizeram. Você foi colocada na cama na marra, ou você mesma desceu da maca ainda sem acordar até que o grito que você dá por fim te acorda. Você não sabe onde está. Onde você está? Por que você não reconhece nada? O pavor quando você acorda e finalmente se dá com a absoluta consciência de que aquilo para o qual você acordou é muito pior do que os teus sonhos.

A gente nunca se acostumava com o tratamento. Os sonhos que a gente sonhava eram sempre sutis para começar, até que eles, depois de algumas horas de aturdimento, te despertavam com aquele grito que a gente ouvia com tanta frequência naquela enfermaria que ficava mais próxima da fábrica.

Você despertava para a tua própria vida como um recém-nascido. Quem são os teus pais? Quem iria te ensinar a viver a vida que te fora reservada? A resposta era: ninguém. Ninguém iria te ensinar nada. Aqui, você vivia uma vida que era de ninguém e na qual nada mais era esperado de ti.

Não eram muitas as pessoas às quais eu queria ser igual quando pequena. Apesar de estudar a minha mãe com bastante minúcia, eu jamais quis ser como ela. Instintivamente, eu sabia que nós não tínhamos nada em comum. Eu sentia desde cedo que precisava de uma missão. Eu era criança e não tinha nada contra o fato de ser criança, mas eu realmente desejava fazer algo de verdade, não só crescer e estudar. Eu convivia com uma garota do interior quatro anos mais velha, a Therese, ela me ensinava todos os passos de dança que aprendia na escola de apresentações, como ela dizia. Eu sentia orgulho porque ela tinha bem mais idade do que eu, mas ela não gostava de me contar como era viver sendo assim tão velha. Eu podia ficar com ela porque fazia tudo o que ela me pedia para fazer. Talvez dependêssemos uma da outra. Ela dependia dos meus serviços e eu de ser instigada por ela. Eu sabia o que devia fazer quando estava com a Therese. Isso era tudo.

Não tive uma infância infeliz. Tampouco uma infância feliz. Tive a infância de ninguém. Eu não sabia quem eu queria ser e isso fez de mim uma criança fragilizada. Eu desejava que algo se revelasse para mim e um dia pode-se dizer que isso aconteceu.

Tínhamos ido para o arquipélago de Estocolmo com uns amigos da minha mãe.

Eles eram radicais. Esquerdistas engajados. A minha mãe nunca contou quem ela era. Ela se adequava às circunstâncias e sorria para todos com um sorriso alegre e doce. As pessoas apreciavam aquilo. Ela tinha muitos amigos. Ela participava dos protestos em favor dos direitos das mulheres, é claro, mas ela não era uma pessoa engajada de verdade. Não como as outras mulheres. Ela tampouco dispunha de tempo. Todo o tempo dela era dedicado ao teatro, a manter a mim e a meu irmão próximos de si e a precaver-se contra as atitudes do meu pai. Não era pouca coisa.

Em todo caso, eles falavam a respeito da maldita política. Aquela conversa os deixava totalmente absorvidos e eu não sabia o que fazer quando a filha deles veio até mim. Ela era muito mais alta que eu, então, ela se curvou na minha direção, me puxou para perto e disse:

— Eles tocam violão e fumam maconha depois que as crianças vão dormir.

Ele apontou para a estufa no jardim e disse:

—É ali que eles cultivam.

Ela olhou bem nos meus olhos, esperando que eu dissesse alguma coisa. Como eu não respondi nada, então ela disse que aquilo era ilegal. Que a polícia poderia vir e levar os pais dela.

Aconteceu alguma coisa naquela noite. Depois da janta, iríamos passear de barco, perguntaram: Quem quer ir passear? Levantei a mão e disse que eu queria. Não sei como aquilo se deu, talvez tenha algo que ver com a atmosfera esquisita e com a Daniella, a filha deles, para quem eu olhei sem que ela olhasse para mim. Anders, o pai da Daniella, deu uma gargalhada e disse que ali ninguém precisava levantar a mão e eu imediatamente pedi desculpas. A minha mãe retrucou, soltando risadas altas e baixas aqui e ali:

— Meu amor, todos aqui são pessoas boas — ela disse, fazendo um gesto com a mão mostrando todos em torno da mesa.

Tudo foi deixado como estava sobre a mesa e o Anders agitava o seu guardanapo como que para mostrar que alguma coisa acabara e outra coisa iria começar. Ele puxou o violão que jazia em cima de uma cadeira de vime e começou a tocar e cantar. Todos cantaram juntos, inclusive eu e a Daniella. Aquela era uma canção noutro idioma, um idioma que eu reconhecia, apesar de não saber de onde. Fechei os olhos com toda a força e tentei voltar ao lugar onde eu tinha ouvido aquele idioma, mas não encontrei nada lá onde fui procurar. Talvez porque aquela fosse a paisagem equivocada, as pessoas fossem outras. Havia algo de familiar naquela canção, na forma como ela soava. Ela me parecia bastante próxima, como algo que a gente já fez tantas vezes que simplesmente acontece sem que a consciência precise participar. Para mim, era sempre incômodo quando a minha mãe cantava, pois eu achava que ela cantava mal. Depois, o fato dela repentinamente fingir que era politizada. Eu ficava irrequieta com o fato de tudo estar tão diferente.

Eu ia andando atrás dos outros pela estrada, chutando pedrinhas, me aprimorando até conseguir fazer as pedrinhas baterem uma contra a outra e pipocarem. Quando eu tinha sorte, elas soavam como um tiro. Eu costumava bater as pedras umas nas outras por tanto tempo que elas ficavam como ímãs quando a gente os pega do lado errado. Havia uma tensão entre elas. Elas queriam se aproximar, mas em vez disso repeliam uma à outra. Aquilo não durava muito, apenas alguns segundos, mas era algo que eu gostava de sentir, a forma como o ar entre as pedras ficava carregado com uma energia cujo nome eu ignorava, talvez eu me identificasse com aquele fenômeno. Com aquela vontade de se aproximar, mas ao mesmo tempo uma certa incapacidade de ser assim. Formando aquele grupo enorme, descemos até o lago. Eu não sabia se era dia ou noite. Escutei a voz da minha mãe lá adiante. Todos davam risadas. Gritavam uns para os outros e eu pensei duas coisas. A primeira, que cada um estava no seu próprio mundo. A segunda, que eu iria remar aquele barco. Eu não sabia lá muitas coisas, mas sabia remar. Pensei aquilo com tanta força que achei que todos os demais podiam ouvir o meu pensamento. O lago estava calmo. Cinzento e reluzente. Eu sempre gostei de andar de barco. Eu vivenciava de corpo e alma a enorme alegria que isso me trazia. Eu também sabia que adorava os lagos. Nunca queria ir ao mar. Eu não gostava da amplidão, de ver até o horizonte. Não sei dizer como eu sabia disso, mas eu sabia que gostava de lagos que têm gosto de ferro. Gosto de lagos, de atracadouros de madeira, de nenúfares e de vélias. Do fato de que elas andam sobre as águas como Jesus. Os círculos em volta de suas patinhas. Talvez mais do que qualquer outra coisa.

 Que eu não iria ver alguma delas por aqui era evidente, pois não era um lago de água doce. Como se chama esse tipo de lago que não é nem salgado nem doce, apenas débil e sem personalidade? Isso eu não sei, mas o que aconteceu então foi que tanto eu como a Daniella nos sentamos junto aos remos. Ela se sentou um segundo depois de mim e deve ter entendido que devia se apressar, mas ali estava ela sentada com um olhar vazio. Tentei dizer alguma coisa, mas nenhuma palavra me ocorreu. Sentia a minha cabeça, sim, o meu corpo inteiro ardendo. No fim, me ergui ali no barco e disse que eu queria remar. Só então se fez silêncio no barco. Não sei o que aconteceu, se eles estavam olhando para mim ou se entreolhavam entre si. Ouvi a risada alta e angustiada da minha mãe. O pai da Daniella começou a dizer algo do tipo "vocês podem remar juntas, cada uma com um remo, o barco é bastante pesado". Eu não disse nada, simplesmente fiquei ali de pé no barco, sentindo uma ardência atrás das orelhas e nos pulsos. A minha mãe cambaleou até mim e tentou passar a mão nos meus cabelos.

— Qual é o problema?

Então, ela disse, ainda mais nervosa, pois eu simplesmente continuava ali em pé:

— Não tem problema nenhum, vamos dar uma volta no lago.

A voz aduladora que ela fez ao pedir que eu me sentasse.

— Sim, só vamos dar uma voltinha.

Senti como todos olhavam para mim, mas não podia me sentar, já que as coisas haviam chegado nesse ponto.

— Vocês podem se revezar. Você pode começar — o Anders insistiu.

Não olhei para ninguém. Eu contava em voz alta para tentar impedir que as lágrimas vertessem se eu não dissesse alguma coisa em voz clara e alta. Eu sabia, como todos sabem, que depois do dia vem a noite e, uma vez que eu não queria dizer nada, comecei a contar. Contei o mais alto que podia. E uma vez que havia começado, eu não podia parar de contar. Contei cada vez mais alto para refrear as lágrimas que ameaçavam começar a correr pelo rosto. Eu queria desaparecer, queria não estar ali em pé naquele barco, mas agora eu não podia me sentar. A humilhação estava por toda a parte. No ar que eu respirava, na minha mente que rezava para que um milagre acontecesse. O que eu devia fazer agora? A dor por trás dos meus olhos empurrava todo o resto para fora. Eu sabia que as lágrimas iriam acabar vencendo e que eu iria perder. Eu não conseguia mais quebrar o silêncio contando em voz alta, e quando as lágrimas finalmente correram pelo meu rosto, simplesmente pulei para fora do barco. O lago era raso, então eu simplesmente vadeei até a margem e corri de volta até a estrada. Corri o mais rápido que podia com os meus calçados e roupas molhados. Eu sabia que eles não viriam atrás de mim. A minha mãe iria dizer algo do tipo "deixem ela lá" e então eles iriam passear no barco a remo e eu não estaria lá, então eles não poderiam me humilhar mais. Eu sabia que tinha estragado algo, mas não estava nem aí para isso. Eu não estava nem aí para coisa alguma, nem para as minhas lágrimas ridículas nem para o meu medo.

    Eu não sabia o que fazer ao chegar de volta naquela casa com os móveis de jardim e todas as louças e copos. Fui até a "casinha", que eu sabia onde ficava. Tranquei a porta e senti imediatamente um tipo de alívio. Sentei sobre a tampa da privada e chorei até que não saísse mais lágrima alguma. Então, fez-se um silêncio absoluto. Pensei no que havia acontecido e cheguei à conclusão de que eu tinha agido de forma terrível. Eu não era uma criancinha que podia ser desculpada, mas eu também não era uma adulta. Eu era alguém que eu não queria ser. A minha mente era absolutamente infantil demais para alguém com quase dez anos, ao mesmo tempo em que a minha sisudez era algo que atravancava o caminho como um muro. Eu não era uma criança de quem as pessoas gostassem, eu nunca sorria, não respondia quando me perguntavam algo, eu era habitada pelos sentimentos que me demandavam ora uma coisa ora outra, eu não sabia de nada e mesmo assim achava que sabia mais do que todo mundo. A minha fantasia era colossal, eu seria uma estrela da música pop, escrevia poemas num pedaço de papel amarrotado que eu tinha sempre à mão como uma arma. Eu ansiava que alguém lesse os meus poemas, não a minha mãe, para ela eu não estava nem aí, mas sim alguém que eu fantasiava e com quem eu daria o fora dali. Eu tentava imaginar como ele ou ela seria, mas não conseguia ver nada à minha frente, como de resto. Eu achava que quem visse os meus poemas e gostasse deles seria o meu pai de verdade. Eu sonhava intensamente em ter outro pai.

 Certa vez, a minha mãe teve um relacionamento com um sujeito chamado Tom. Ele morava numa casa velha numa parte da cidade onde eu jamais estivera. O Tom tinha um cavalo. Costumava cavalgar várias vezes por semana. Eu adorava como ele ficava quando ele se preparava para ir até o estábulo. As botas de cavaleiro, as calças de cavalgada marrons totalmente aderidas, o casaco de montaria cheirando a cavalo. O corredor inteiro cheirava a cavalo. Eu fazia tudo ao meu alcance para que a minha mãe e o Tom ficassem juntos o máximo de tempo possível. Notei que a minha mãe queria o mesmo. O Tom conversava comigo não como se eu fosse uma adulta mas como se estivéssemos em pé de igualdade. Ele não entendia por que a minha mãe falava comigo com tanta falta de consideração, ou então de forma superficial, eles às vezes até discutiam por causa disso. Pelo tipo de mãe que ela era comigo e com o meu irmão. A minha mãe, que tinha um temperamento explosivo quando se tratava dos seus filhos e da forma como ela os educava, pediu que ele não se metesse nesse assunto. Disse que dos filhos cuidava ela. Muitas vezes eu ficava sentada na grama alta no jardim descuidado do Tom e acabava ouvindo as discussões deles. Através de uma janela aberta ou porque eles estavam tomando café no jardim.

— Você nem tem filhos. Você não tem a mínima ideia de como isso funciona. Então nem venha querer me ensinar como devo agir com os meus filhos. Eles são meus filhos! — ela gritava.

Eu ficava lá sentada esperando que a minha mãe morresse para que eu e o meu irmão fôssemos morar com o Tom.

Secretamente, eu também desejava que o meu irmão morresse de uma doença incurável, então eu e o Tom iríamos chorar a morte dele e iríamos morar juntos, só nós dois.

Uma vez, descemos o morro caminhando juntos e fomos tomar um sorvete italiano na praça Mariatorget.[viii] Aquele sorvete foi tão delicioso, estávamos todos faceiros, de alma leve e felizes, não sei exatamente por quê. Eu achava que era porque

---

viii   Parque localizado no bairro de Södermalm, na região sul da Estocolmo.

eu ia ganhar uma irmãzinha. Muitas vezes pensei que a minha posição na família iria se fortalecer de um todo se eu fosse a mais velha e não a mais nova. Seríamos eu e ela. Porém, não me disseram nada determinante, nada de importante. Apenas estávamos de bom astral, para mim, era uma sensação como se estivéssemos viajando ao exterior. Realmente achei bom aquele sorvete. Depois, eu queria ir lá todas as noites, ficava azucrinando a minha mãe. Era verão e o teatro estava de férias. Ela não ia participar de nenhuma montagem de verão, não tinha nenhuma desculpa, ficávamos juntas uma com a outra e eu era feliz. Eu sabia que o era. Eu gostava tanto do Tom que pedia para acompanhá-lo até o estábulo. Não lembro por que exatamente nunca me deixaram, não consigo lembrar de tudo, mas da sensação de segurança eu me lembro. Do parque. Da praça Mariatorget. Talvez foi ele quem disse que não, mas eu não queria acreditar. Era impossível, levando em conta o jeito como ele conversava comigo. Alguém em pé de igualdade sob sua responsabilidade, mas ainda assim alguém em pé de igualdade. Não havia problema algum no fato de eu ser criança e ele adulto, apesar disso, eu nunca me senti mais criança do que na companhia do Tom. No fim, compreendi que cavalgar era um refúgio para o Tom. Ele preferia andar a cavalo em paz. Talvez fosse a maneira dele de estar sozinho e meditar sobre a relação dele com a minha mãe, que não desejava ter mais filhos, e pensar se era possível amá-la, já que ela não lhe permitia opinar sobre coisas importantes. O meu pai estava no hospital havia muito tempo e tampouco iria ter alta. Ele se recusava a tomar a medicação, se recusava a receber tratamento psicológico, não aceitou nem mesmo quando o Johan Cullberg[ix] em pessoa se ofereceu para tratá-lo, depois que a minha mãe mexeu os seus pauzinhos. Ele não queria ficar bem. Queria continuar ali, no hospital psiquiátrico Beckomberga,[x] para sempre, era o que ele dizia para quem quisesse ouvir. Refeições pré-determinadas, cuidados, mesmo que fossem cuidados profissionais. Na enfermaria oitenta e seis, ele encontrou o seu território. Lá, ele podia organizar torneios de xadrez que ele sempre ganhava e mentir a respeito da sua vida fantástica e sobre quanta discriminação ele havia sofrido. Mas dane-se ele e as fraquezas dele e a maneira dele de dominar a vida da gente. Ele, que uma vez levou prostitutas para o apartamento da minha mãe quando ela não estava em casa e depois acendeu o gás. Dane-se ele. Que ele apodreça naqueles corredores. Agora era só começar uma vida nova

---

[ix] Renomado psiquiatra e psicanalista sueco (nascido em 1934). Autor de vários livros didáticos padrão utilizados nos cursos de psiquiatria do mundo todo, Cullberg é reconhecido por ser um crítico da internação coercitiva e um defensor do uso restrito de medicamentos antipsicóticos, bem como de um tratamento psiquiátrico mais humano.

[x] Hospital psiquiátrico localizado em Bromma, nos arredores de Estocolmo.

na qual o Tom seria o nosso pai, o que ele faria de bom grado não fosse a manhã em que o meu irmão arremessou uma faca na direção dele à mesa do café da manhã. Fiquei paralisada na cadeira, morta de medo, mas logo me recobrei e pensei que agora finalmente eles iriam se dar conta de como o meu irmão era de fato, um demônio violento que só queria saber de briga. Porém, o que aconteceu em vez disso foi que a minha mãe começou a gargalhar. Ela gargalhou e passou a mão na bochecha do meu irmão, como se ela e o meu irmão fossem um casal, e não ela e o Tom. Depois, ela esguichou leitelho no Tom. A minha mãe era capaz de fazer coisas desse tipo. Ela era totalmente impossível.

O Tom se levantou da mesa e saiu, e ali continuamos então, a minha mãe, o meu irmão e eu, àquela mesa de café da manhã enxovalhada, e tudo voltou a ser como de costume. O sonho em que eu vivia rebentou ali, naquele exato momento. O Tom compreendeu que a minha mãe jamais iria permitir que ele entrasse no nosso triângulo das Bermudas, onde tudo naufragava e ia para o brejo. Nunca tive coragem de perguntar ao Tom se eu podia ir morar com ele. Dizer a ele que eu não conseguia viver com a minha mãe e com o meu irmão. Algo que eu percebi imediatamente, depois de ter vivido no paraíso. Com uma família de verdade. Eu tentava gritar, mas era como num daqueles pesadelos em que o som não conseguia sair. Ninguém me ouvia. Eu gritava e continuava gritando sem conseguir emitir qualquer som. O Tom não voltou. Eu sabia que tinha que lutar mais do que jamais havia lutado. Eu tinha que resolver aquela situação que a minha mãe causara com a sua risada, porém, eu não ousava. Vocês ouviram isso? Eu não ousava. Eu jamais havia me sentido tão feliz como com o Tom. Eu queria me mudar para aquela casa antiga, eu queria que ele ficasse com a minha guarda. O Tom iria me proteger do meu pai. Mais do que isso. Ele é que seria o meu pai.

A minha mãe e o Tom terminaram naquele dia. Ouvi isso clara e nitidamente. Me deitei debaixo da escada e ouvi ele dizer, com aquela sua voz serena:

— Nós dois temos que estar unidos. Você e eu somos os adultos aqui. O teu filho não pode mandar na gente. Você não pode ficar protegendo-o quando ele arremessa uma faca na minha direção. Você tem que ensinar a ele que ele não pode agir assim. Por mais furioso que ele esteja, ele não pode arremessar uma faca na minha direção. E mesmo que ele tenha feito isso, você não pode gargalhar como se nada tivesse acontecido. Por que você não ousa recriminar o teu filho? Ele tem onze anos. Você é a mãe dele. Seja a mãe dele. É o que ele está pedindo. Ele não pode mandar em ti. Em nós. Você consegue entender isso? Eu não sou nenhum malvado. Eu quero bem a todos vocês. Quero viver com todos vocês. Você tem certeza que você e os teus filhos não precisam de algum tipo de ajuda? As coisas estão totalmente fora de controle por aqui. O teu filho acha que é o mandachuva nesta casa e a tua filha nunca diz o que acha. Você já percebeu isso? Ela só diz o que acha que é mais fácil para ti e só de vez em quando tem aquelas explosões de raiva. Estou preocupado com ela.

    Nesse ponto, por mais assustada que eu estivesse porque tudo estava perdido, desfrutei intensamente o fato de o Tom falar sobre mim. Sobre mim. Sobre mim e sobre como ele achava que eu me sentia. Talvez tenha sido durante aquela derradeira briga que eu compreendi que tinha que parar com todas aquelas asneiras e me tornar uma criança da qual as pessoas pudessem gostar com facilidade. Eu tinha que ser tão selvagem quanto a minha mãe. Tão forte quanto ela e também superior a ela, pois eu também seria tão inteligente quanto o Tom.

    Muitos anos mais tarde, quando eu pedi para conversar sobre o Tom com a minha mãe, ela disse sem sequer pestanejar:

— As coisas jamais iriam dar certo entre a gente a longo prazo.

E depois, ainda acrescentou algo que também me caiu muito mal na ocasião, apesar de eu já ser uma adulta e, portanto, devia entender melhor:

— Eu não amava o Tom tanto assim. As coisas entre a gente não eram tão sérias como você acha.

A "casinha" tinha um cheiro doce, madeira encharcada e sol. Decidi deixar tudo para trás. O barco. A festa. Aquela mania de armar confusão e me complicar com as minhas próprias asneiras para as quais ninguém dava a mínima. Aquela forma exasperante de levar algo às últimas e irreversíveis consequências. Pela janelinha, fiquei olhando a pradaria. Pensei que, se eu visse uma corça, tudo ficaria bem novamente. Olhei e continuei olhando pela janela.

A relva alta e algumas flores. Fazia um silêncio absoluto e pensei em simplesmente começar a contar outra vez, mas desisti. Cansei de ficar olhando lá fora e peguei o jornal que estava no topo de uma pilha encostada na parede de madeira, porém, enquanto folheava o jornal, fiquei imediatamente angustiada pois a corça talvez passasse exatamente quando eu não estava olhando, então rapidamente voltei a olhar para fora. Eu não lia o jornal, apenas olhava as fotografias e então olhava de novo pela janelinha. Depois de algum tempo, não me importava mais se a corça de repente aparecesse para logo sumir rapidamente. Que me importa uma corça? Ela que vá à merda.

Eu folheava e continuava folheando aquele jornal amarelado de sol. Bem quando ouvi umas vozes se aproximando, de repente vi a fotografia de uma garotinha e fiquei em dúvida por um bom tempo se não era eu mesma naquela fotografia, de tão parecidas que éramos. Consegui ler as poucas informações que havia na página a respeito daquela garota antes de me deitar rapidamente no piso de madeira, fingindo que dormia. Era um artifício de que eu costumava lançar mão quando queria escapar de qualquer situação que me era insuportável.

Apenas as más lembranças se apresentavam. Eu até que gostaria de esquecer os dias da minha infância, mas aqueles dias estavam marcados a ferro bem no córtex cerebral, pensei. Os eletrochoques não chegavam àquela época. Eu tinha ideia de várias de coisas. Já sobre outras, eu não sabia nada. Como a gente se comporta numa relação amorosa, como a gente organiza a própria vida e como a gente mantém os conhecimentos.

Nada que eu tivesse aprendido. Havia períodos bons e períodos ruins. Os ruins eram cada vez mais comuns e os bons cada vez menos comuns.

Antes, eu era uma raposa quando se tratava de me reerguer, mas agora vivia a minha vida de cócoras. Eu tentava escapar de todas as formas possíveis. Não queria saber de mim mesma. Todos os meus erros se enfileiravam diante dos meus olhos tão logo eu me reerguia e pensava com clareza. De nada importava que eu tivesse estado tão próxima dos meus filhos quando eles ainda eram pequenos, apesar da minha esperança de que tenham ganho alguma têmpera já em sua tenra idade, formado um terreno fértil para o futuro, pois a primeira lembrança que eles sempre tiveram foi o fato de eu ser uma mãe que podia sumir. Eu não fazia mal apenas a mim mesma como quando era jovem, mas fazia mal aos meus filhos a cada vez que eu os deixava para ser internada em quartos como esse, em corredores como esse. Isso para não falar do quanto mal eu lhes fazia antes, com as minhas péssimas ideias de café da manhã, almoço e janta, as semanas de cama num quarto que podia chegar a cinquenta graus no verão. Onde as minhas ideias cozinhavam e se transformavam numa massa informe de tristezas reprimidas. Ali, demasiadamente próxima de seus corpinhos atônitos em crescimento, de seus olhares desinquietos, eu já não era mais a mãe deles, mas sim outra pessoa, alguém de quem eles sentiam medo e a quem não entendiam. Eu os apavorava. Eu apavorava os meus filhos.

Eu me encontrava alhures. Nos sonhos, eu conseguia enxergar a mim mesma e o caminho que devia seguir.

Eu estava junto com os meus filhos, numa outra época, num apartamento antigo e bonito, que deve ser o apartamento em que morei quando criança. Eu conhecia aquele apartamento melhor do que tudo. Ali estava eu e havia caminhas de madeira por toda a sala. Todas as crianças estavam ali deitadas, dormindo e sonhando com a vida que eu iria lhes mostrar. Eram inacreditavelmente tantas e eu era apenas uma. De repente, todas despertavam ao mesmo tempo e eu corria de um lado para o outro com comida e roupas e eram cada vez mais numerosas e eram todos tão bonitinhas e eu tirava fotos delas a cada noite enquanto assistiam tevê sentadas no chão. Coisas grandiosas aconteciam no mundo, mas coisas ainda mais grandiosas aconteciam em seus corações e em suas mentes e eu sabia que seria incapaz de fazer algo além de ficar ali fitando-as com tal intensidade que afinal conseguiria gravar os sonhos delas em seu DNA e nas minhas mãos agitadas. Eu era delas e elas eram cada vez mais numerosas e eu ficava exultante por serem tão lindas quando riam e eu abria a porta para elas e elas desciam as escadas e saíam à rua e iam até o parque e o parque estava lotado delas, como se estivessem reunidas antes de uma manifestação e deixavam o meu sonho juntas numa passeata e quando eu acordei foi para dizer algo a elas, mas como de costume não emiti som algum. Caí da cama e a Maria me ajudou a ficar em pé e contou que eu tinha tido uma convulsão tremenda, uma sessão de tratamento bem-sucedida e que eu devia dormir mais um pouquinho. Mais um pouquinho. Mais um pouquinho. Dorme mais um pouquinho. Dorme e não acorda nunca mais. Você vai morrer. Se você não morrer, vai praticamente estar morta e nunca vai morrer completamente. Você vai perder tudo o que é importante para ti. Você já perdeu tudo. Você está absolutamente sozinha.

Eu já contei que morava numa cidade de merda, numa casa impossível de gostar? Não importa se já contei ou não, mas o fato é que é para lá que eu iria voltar. Comprei alguns móveis. Coloquei na casa umas coisas aleatórias. Nada do que eu sonhava era possível de realizar. Eu não tinha ninguém com quem conversar naquela cidadezinha. Nenhum amigo. Eu olhava para baixo para que ninguém olhasse para mim. Eu desprezava aquele lugar com tanta intensidade que poderia sozinha lançá-lo ao mar se simplesmente direcionasse o meu ódio concentrado sem desperdiçar nada. As praias se desfaziam pouco a pouco, ano após ano. Ventava o tempo todo. Me recuso a pronunciar o nome daquela cidadezinha.

Voltando àquela "casinha" naquela noite muito tempo atrás. Num dos jornais, vi a foto de uma menina num acampamento no interior da União Soviética. Ela olhava para a câmera de uma forma que capturava imediatamente a atenção. Ela era uma entre tantas, mas ainda assim solitária. Ela tinha o aspecto que eu gostaria de ter se fosse capaz de alguma coisa. As tranças, a gola azul, o lenço vermelho com um nó, a camisa branca, a saia azul, a estrela vermelha no peito. Ela era uma pequena outubrista e se distinguira por discursar naquele acampamento diante dos demais pequenos outubristas e dos pioneiros, que eram um pouco maiores, sobre a importância de carregar de corpo e alma o espírito soviético. Tendo como guia o que seria o melhor para a União Soviética, era possível deixar todo o resto de lado. Você não teria mais necessidade de ser criança. Você já era um camarada.

"Pequena outubrista, pioneira", pensei. Eu queria ser como ela e me devotar à coletividade. Foi isso que descobri naquela noite depois de me lixar para a corça que iria aparecer na pradaria e antes de me deitar no chão para fingir que estava dormindo. Eu iria me transformar. Vi a mim mesma naquela fotografia.

Não me aprofundei nem a respeito da União Soviética nem do comunismo e apesar disso me tornei instantaneamente igual a eles. Eu me encaixava perfeitamente. Nasci no mês de outubro. Era uma eleita entre os eleitos, mas me perdera pelo caminho de uma forma que pessoa alguma era capaz de compreender e por isso eles me conclamavam de todas as direções. Era a voz deles que eu ouvia ao acordar de manhã.

    Durante anos, vesti o meu uniforme de pioneira. A minha mãe achava aquilo um tanto desconfortável e difícil de explicar, mas eu sabia quem eu era e isso me dava forças. Eu não era mais tão exasperantemente informe. Eu não era mais frágil. Nos primeiros anos, talvez isso tenha me deixado isolada, pois eu frequentava uma escola de elite. As crianças não sabiam o que aquele meu uniforme significava, mas um dos pais disse que eu era filha de comunista e não demorou para que todas as crianças começassem a me chamar de comunista. Eu respondia sempre a mesma coisa quando alguém me perguntava se eu era comunista. Não, eu não era comunista. Eu era uma pioneira. Algo totalmente diferente. Eu simplesmente peguei emprestado uma forma que qualquer um podia pegar e vestir. A forma conduz à liberdade. Foi algo que aprendi durante aqueles anos e de que sempre me utilizei desde então. Troquei minha família por uma vida numa coletividade que não existia, mas eu não me importava que não existisse. Aquela vida era mais real do que a vida de antes.

Não aprendi nada quando era criança. Nem na escola nem na minha tenra vida adulta. Eu me arrastava pelos corredores da minha imaginação e neles tampouco acontecia muita coisa. Eu não escutava música nem tentava me encontrar. Não vivia a minha juventude. Eu ia até o estábulo duas vezes por semana e lia algum livro. A minha cabeça era oca e o meu corpo era algo no qual eu não pensava. Era confiante e ao mesmo tempo não era ninguém. Na minha imaginação tão simplória, eu era uma garota entre outras garotas. Não havia pai nem mãe, nenhum namorado, e nós caminhávamos bastante pelas montanhas de outras cidadezinhas e participávamos de diversas paradas militares. Eu vivia por mim mesma noutra época. Quando estava na escola resolvendo exercícios no meu livro de matemática, eu era uma outra garota que fazia a mesma coisa no centro de estudos frequentado pelos integrantes da coletividade. Tudo era intercambiável. Eu fazia questão de ser quem partia primeiro, chegava mais longe e não parava para descansar. Por isso, na realidade, eu caminhava por todos os bairros da cidade durante as tardes. Era importante não ter namorado algum nem fazer intrigas, então, não me interessei por ninguém e por isso achava possuir uma grande vantagem. Ninguém podia tirar nada de mim. Eu criava outra pessoa de quem eu gostava mais. Uma pessoa mais resistente que eu. Mais resistente e mais forte. Uma pessoa incansável com características totalmente diferentes das minhas. Isso continuou por tanto tempo quanto eu precisei dessa pessoa. Ela talvez seja a minha invenção mais interessante e nunca desejei explicar a mim mesma o que foi que fiz durante os anos em que fui aquela pessoa. Ela tinha controle sobre a própria vida e fui grata por isso. Mesmo quando parei de usar o uniforme, continuava vestindo-o por dentro. Eu tinha uma função para ela sempre que quisesse. Talvez ainda tenha.

    Entrei tarde na puberdade, portanto, fui criança por muito mais tempo do que gostaria de reconhecer. Aos treze anos, eu fumava na estação do metrô durante o recreio, antes que o meu corpo começasse a se transformar, mas ainda brincava de uma forma condizente com a infância. Não conseguia deixar de ler certos livros infantis. Eu sabia-os de cor e eles me davam muito mais do que os livros para adultos que eu, apesar de tudo, já lia. Demorei para me incorporar ao meu corpo novo, o qual eu me recusava a notar. Comecei a ficar extrovertida e desmazelada e não gostava de mim mesma. Eu considerava um sinal de fraqueza aquelas paixões repentinas, vindas do nada, que brotavam em mim. Para não me acabar completamente numa paixão impossível pelo irmão mais velho de uma amiga, acabei ficando com o Erik, o amigo dele. O Erik me impressionava com todos os seus talentos. Era campeão sueco de esgrima, pulou um ano na escola por ser tão inteligente, era especialmente brilhante em matemática, que eu via como uma língua da qual eu não entendia patavinas, apesar de admirar quem entendia. Lembro que o irmão mais velho da minha amiga contou da vez em que o professor perguntou se o Erik era capaz de resolver o exercício que estava no quadro e que ninguém mais conseguia resolver. O Erik tentou, mas nem ele conseguiu, então, o professor pediu que ele se sentasse outra vez, olhou para ele com um olhar de desgosto e disse: "Et tu, Brute". Até tu, Brutus! Não sei por que ainda lembro disso, provavelmente porque aquilo me deixou muito impressionada. Ser vocacionado para algo pelo qual a gente se interessa é grandioso. E admirável.

Havia uma certa diferença de idade entre a gente com a qual era um pouco difícil de lidar. Quando ele fez o exame nacional do ensino médio, eu ainda estava na nona série. Como eu já disse, ele havia pulado um ano, devia estar no segundo ano do ensino médio. Será que ele era só dois anos mais velho do que eu? Não, a conta não fecha, ele era muito mais maduro, muito mais ajuizado que eu.

Acho que o Erik lidou com a nossa diferença de idade de uma forma que não me deixava incomodada.

Certa manhã, quando ele me disse, na casa em Vallentuna, que estava apaixonado por mim, alguma coisa mudou para valer. O Erik estava apaixonado por mim. Por mim.

Algumas horas mais tarde, no cemitério em frente à igreja, onde celebramos tantos finais de ano letivo, fiquei sentada fumando e repetindo aquelas palavras por horas a fio depois das aulas. Apaixonado. Aquilo era algo imenso. Importante. Significativo. Eu também estava apaixonada por ele. De repente, a vida se tornou para valer.

Começamos a tirar fotografias juntos e revelávamos os filmes no banheiro da casa dele. Eu adorava tirar fotos dele. Eu puxava no revelador para deixar as fotos bem claras, ele praticamente não aparecia nelas, apenas contornos e luz. Eu achava bonitas aquelas fotografias. Era fácil estar na companhia dele. Talvez ele fosse uma pessoa de mente aberta. A minha nova vida de jovem adolescente ganhou uma certa definição com ele e era possível manter sob controle aquilo que borbulhava dentro de mim. O meu pai, que de resto não se importava com nada que eu fazia, viu ele umas poucas vezes, depois das quais sempre dizia o mesmo:

— Não termine nunca com ele, você não vai conseguir ninguém melhor.

Aquilo era totalmente exasperante. Terminei com ele depois de um ano e meio. Acho que me escondia atrás dele para manter a minha ansiedade sob controle e aquilo funcionava relativamente bem.

Foi durante um giro de trem pela Europa durante as férias de verão depois da nona série que a ansiedade assumiu as rédeas da minha vida. Com certeza havia estado lá o tempo todo, mas agora ganhara forma e tomou conta da minha vida. Eu e as minhas amigas estávamos fumando haxixe uma noite no litoral atlântico francês e eu nunca me recuperei daquela noite. Repentinamente, saí correndo por aquela cidadezinha até encontrar o nosso albergue, e sentia as ondas me invadindo e descendo pela minha cabeça pelo corpo e depois subindo de volta para a cabeça, rebentando contra o meu osso frontal. Eu corria pela cidade procurando pelo albergue e, quando finalmente o encontrei e abri a porta e me deitei sozinha na cama naquele quarto, a correnteza rebentava com tanta força que de nada adiantava eu me agarrar na cama, e aquilo não teve fim nem quando a Nina chegou no quarto e eu pedi que ela se deitasse em cima de mim. Isso só aconteceu daquela vez, porém, aquele pequeno ato um pouco irresponsável e de uma rebeldia ridícula abriu uma brecha em mim por onde a angústia simplesmente se infiltrou. Tão logo eu enfrentava qualquer tipo de inquietação, aquilo voltava, e eu temia a cada vez ter que passar por aquilo de novo, aquela sensação voltava. Repetidas vezes, a qualquer momento e em qualquer lugar. As ondas que rebentavam contra a minha testa. Ainda as sinto me acossando quando sinto medo. Esse repuxo cuja força é tão assustadora quanto a sensação de explosão por trás do osso frontal. A sensação de que é impossível aguentar. Creio que foi a inquietude violenta pela qual passei naquela ocasião que me deixou com tanto medo de ficar sozinha. Tanto na época como agora e todo o período de permeio. Aquela inquietude me diminuiu, fez de mim uma pessoa covarde e medíocre. Eu me adaptava à realidade em que vivia de uma forma que jamais poderia imaginar. Eu me negava a ficar sozinha. Evitava a mim mesma como quem evita alguém que não tem vontade de encontrar nos corredores da escola. Saía com rapazes deploráveis na minha escola ginasial e muitas vezes ouvia as palavras do meu pai reverberando dentro de mim. Não termine nunca com ele. Como pude terminar com o Erik para ficar com esses idiotas da elite? Não que aqueles namoros tenham durado muito, pelo contrário, mas porque foram constrangedores do início ao fim. A minha amiga Nina também estava ficando com um deles, eu não diria que ele, dentre todos, era um idiota, mas enfim. A Nina era incrivelmente brilhante em matemática, um dia ela estava lá sentada, ajudando o seu namorado, talvez não totalmente constrangido, com os deveres de matemática, quando a mãe dele entrou na sala onde eles estavam e já foi dizendo:

— Coco, você precisa que uma garota te ajude?

A coisa era nesse nível. Eu ouvia coisas bastante duras depois da aula de sueco, quando o professor lia a minha redação em voz alta, ou quando eu, como de costume, era a única que queria dizer o que esse ou aquele poema significava, ou o que é um símile? "Rosas num jarro quebrado sempre serão rosas." Como é possível traduzir essa imagem usando outra imagem? Os outros alunos não conseguiam atinar com aquilo.

As redações eram a única coisa com que eu realmente me importava, ficava tremendamente nervosa antes das redações, como se toda a minha existência estivesse em jogo. E talvez fosse isso mesmo. Talvez tenha sido a única vez em que eu me recusei a me comportar e enchi o saco do professor dizendo que ele devia corrigir as redações dentro dos prazos. O que ele nunca fazia.

Era realmente da maior importância se destacar na escola e era permitido se gabar.

Na minha turma, os alunos tinham sobrenomes que cheiravam a fortunas antigas, acompanhados da autoconfiança típica das fortunas antigas e da certeza de que as coisas vão sair bem na vida. Dava para ver na postura deles, o jeito como andavam, que eles não precisavam temer a nada. Talvez eu invejasse a autoconfiança eles, o jeito deles de passar pelo pátio da escola, como eles se sentavam numa cadeira numa sala de aula e imediatamente se tornavam os donos do pedaço. Os próprios professores sentiam isso e alguns até mesmo admiravam-nos. Especialmente o Rolf Rendel, nosso professor de história. Que adorava se dirigir aos alunos pelo sobrenome.

— Em que ano ocorreu a batalha de Lützen?[xi] Jovem senhor Adelswärd? Como teve início a Revolução Francesa? Von Halle? Leijonhuvud? Fredrik Gyldenstolpe?

Eles sempre sabiam as respostas. Eu fazia a maior parte dos meus deveres, porém, o meu in-

---

[xi] Fatídica batalha travada em 1632 (durante a Guerra dos Trinta Anos), nos arredores da povoação alemã de Lützen, entre tropas protestantes (a maioria suecos) e católicas (a maioria romano-germânicos), ambas as quais sofreram pesadas baixas, incluindo os respectivos comandantes, razão pela qual pode-se dizer que nenhum dos dois lados "venceu" a refrega. Apesar de os suecos se proclamarem vencedores, pois ficaram com o domínio do campo de batalha após o embate, foi uma "vitória de Pirro", já que veio ao custo da morte do seu rei, Gustavo II Adolfo.

teresse pela história ainda não havia despertado e eu não conseguia transformar os diferentes períodos históricos em algo vivo para mim, às vezes acontecia de eu não saber a resposta quando Rolf Rendel, que tinha adoração pela França e pela história da França, se dirigia a mim e perguntava:

— Como o acordo de paz de Versalhes se tornou possível? Senhorita Boström.

Demônio dos infernos, será que eu realmente precisava estar ali sentada, engolindo sapos daquele cretino? Porém, eu nunca retrucava. Bem, só uma vez. No meu primeiro semestre letivo, quando eu e o Erik ainda estávamos namorando, eu faltava muito às aulas. A minha mãe estava fazendo uma turnê em cada biboca da Suécia inteira com uma peça idiota cujo título era *Véspera de mercado*.[xii] A personagem dela falava em dialeto esmolandês[xiii] e a minha mãe de fato não era boa com dialetos, então, era constrangedor assisti-la do início ao fim. De toda forma, eu morava sozi-

---

xii *Marknadsafton*, drama escrito pelo escritor sueco Vilhelm Moberg (1898—1973), mais conhecido por sua tetralogia sobre a emigração sueca à América: *Utvandrarna* ("Os emigrantes"), *Invandrarna* ("Os imigrantes"), *Nybyggarna* ("Os colonos") e *Sista brevet till Sverige* ("A última carta à Suécia"), publicada no decênio 1949-1959.

xiii Dialeto sueco falado na região tradicional da Esmolândia, no sul do país.

nha no apartamento dela. Felizmente, o meu pai estava internado no hospital, se não, ele podia aparecer no apartamento. Isso ele não fez, porém, telefonou. Ele botou na cabeça que devia conversar comigo de pai para filha, coisa que ele nunca havia conseguido antes porque a minha mãe o impedia, segundo ele me disse. Ele estava atravessando uma fase maníaca e era impossível fazer ele parar de falar. Tudo que ele de repente tinha para me dizer.

— Você é como o Andrej.

O Andrej era o melhor amigo do meu irmão e era uma espécie de aluno-modelo. Era especialmente brilhante em matemática e frequentava um ginásio especializado em matemática e várias línguas estrangeiras como matérias opcionais, ele aprendeu russo como um relâmpago. Ele já falava seis idiomas. Três ele ganhou de graça, é bem verdade. Sueco, espanhol e francês, mas aprendeu russo e italiano com rapidez, além de inglês. Ele vinha nos visitar aos domingos quando eu estava na metade do ensino fundamental para me ajudar com os deveres de matemática, ele era, como eu disse, amigo do meu irmão.

Eu protestei, dizendo:

— Eu não sou como o Andrej. Andrej é um superdotado. Não sou como ele, de jeito nenhum.

Mas o meu pai não parava. Começou dizendo como eu era talentosa, para no fim concluir que eu tinha puxado a ele em tudo:

— A tua mãe não contribuiu com nada. Você puxou a mim em tudo — ele disse, com um tom seríssimo.

— Acho que não! Não sou parecida com nenhum de vocês dois. E você de repente quer começar a agir como pai? Você que nunca me deu sequer um presente de aniversário depois que vocês se divorciaram, você que não ajuda a minha mãe pagando pensão apesar da tua aposentadoria por doença ser altíssima. Compara a tua aposentadoria com o salário da minha mãe, mesmo assim ela nos sustenta e trabalha o tempo todo enquanto você é um buraco sem fundo que não dá conta de nada, é só assim que eu me lembro de você e fico tão contente quando você está internado no hospital, pois sei que você não vai aparecer por aqui se intrometer e estragar tudo como costuma fazer. Espero que nunca te deem alta e você também espera o mesmo, então estamos de acordo quanto a isso. Faça o favor de desligar e não voltar a me ligar — eu disse.

Eu só dizia coisas superficiais fáceis de dizer, nada de verdadeiro, pois isso eu não ousava. Acabava sempre da mesma maneira. Ele chorava e dizia a mesma coisa:

— Sou a pessoa mais solitária do mundo.

Ele sempre falava no dialeto norlandês[xiv] quando estava atravessando uma fase maníaca, era o primeiro sinal de que ele estava prestes ter um surto. Ele podia se levantar da cama onde estivera deitado durante meses e começava de repente a cantar cantigas populares, falava no dialeto norlandês e depois saía e torrava um monte de dinheiro e talvez tudo aquilo fosse algo até um tanto inocente, porém, eu sempre sentia uma dor no estômago e ficava evitando ele quando ele ainda morava com a gente. Eu nunca voltava para casa. Dormia na casa dos outros e mentia que os meus pais tinham deixado. Ficava às vezes na casa de um amigo e outra na casa de outro, pois, quan-

---

xiv   Um dos seis dialetos da língua sueca, falado na região de Norlândia, localizada, como o nome sugere, no norte do país.

do eles se divorciaram, a minha mãe concordou que ele podia ficar morando com a gente, apesar dela namorar outros homens, e o meu pai estava lá mesmo quando os outros namorados da minha mãe apareciam. Deve ter sido muito humilhante para ele ver a minha mãe junto com outros homens quando ele estava na nossa casa e isso não teve fim nem quando ele arranjou um apartamento próprio, pois ele vinha nos visitar quando estava atravessando uma fase boa e preparava o jantar e jogava cartas com a gente e fazia broas. Tudo aquilo era insuportável, apesar de eu adorar as broas, mas a gente não se queixava para a minha mãe. Por que não exatamente eu não sei, mas nunca nos queixamos para ela, bem, talvez o meu irmão tenha se queixado, pois afinal aquilo também teve um fim e eu e ele ficávamos sozinhos em casa quando a nossa mãe estava no teatro. Bem, totalmente sozinhos a gente não ficava, houve algumas estudantes que moravam com a gente e foram nossas babás, mas eu não gostava de ficar com elas. O meu sentimento era o de que estava sozinha e, na nossa família, atribuímos enorme importância aos sentimentos.

O meu pai sempre contava que a mãe dele morreu quando ele tinha treze anos e que ele teve que cuidar sozinho dos irmãos menores. Ele fez o curso de engenharia no turno da noite, e tinha que percorrer vinte quilômetros de esquis a cada dia.

— Eu sei, pai. Você já nos disse isso centenas de vezes.

Apesar disso, aquele último detalhe sempre causava uma certa impressão.

Depois, vinha a queixa obrigatória:

— A mãe de vocês destruiu tudo quando disse que queria se divorciar. A gente era uma família — ele dizia aos prantos.

Eu nunca contei sobre o fato dele ter nos perseguido e quase nos matado daquela vez que acendeu gás e de ele bater na minha mãe e nos aterrorizar. Eu nunca contei sobre o que ele fez comigo quando eu era pequena e estava sozinha com ele e com o meu irmão no interior, pois aquilo eu não podia contar a ninguém. Não sei nem se o meu irmão se lembra daquilo. Foi ele que pôs um fim naquilo. O meu pai tinha um certo respeito pelo meu irmão.

— A tua mãe é uma puta — ele desembuchou.

— Você que é uma puta. Você é que desfilava por aí com prostitutas e deixava elas usarem as roupas da minha mãe quando estávamos viajando, então, quem que é a puta de verdade? — respondi a ele por fim, quando já estava cagando e andando para tudo.

Ele detestava ser contrariado e começou a dizer coisas como:

— Qual é o teu problema? Você não sabe como as coisas estão difíceis para mim? Ninguém vem me visitar. Ninguém.

Por fim, me vi forçada a desligar e desconectar o telefone, e claro que isso era um tanto irritante, pois com isso eu não conseguiria ouvir se alguém ligasse para mim, alguém importante, talvez o irmão mais velho da Nina, por quem eu estava apaixonada, apesar de estar namorando com o melhor amigo dele. É possível se apaixonar por duas pessoas ao mesmo tempo, infelizmente. A paixão pelo Erik era visível o tempo todo, presente e tranquila, a paixão pelo Magnus era submersa e emergia repentinamente e me deixava confusa e infeliz.

Ou talvez ligasse a Nina, a minha melhor amiga, com a qual eu tinha a consciência um pouco pesada, pois talvez eu ficasse na casa dela o máximo que podia para ter a possibilidade de ver o Magnus. Isso por si só era algo humilhante, pois sempre jogávamos cartas, a porcaria do Bismarck, jogo que o meu pai também adorava jogar e no qual eu sempre perdia, pois não tinha esse tipo de esperteza, o que de certa forma fazia parecer aos olhos do Magnus que eu não era inteligente.

Eu estava sozinha no apartamento e não sabia cozinhar, então comia sanduíches abertos de pão sueco com queijo e bastava ficar pensando demais em algo para voltar a sentir aquela inquietação e então tinha que ligar para alguém na casa de quem eu pudesse ficar e isso me deixava totalmente sem energia. Eu era tão acossada pela minha inquietação e por aquela sensação das ondas que me atravessavam. O Erik não conseguia entender o que eu estava passando, pois eu me recusava a dizer porque eu aparecia na casa dele e me comportava daquela maneira estranha:

— Você não pode apenas se acalmar?

Eu matava tanto as aulas que o professor regente por fim pediu uma reunião. Ele disse que estavam preocupados comigo na escola, ele usou esses termos, e se eu não comparecesse a todas as aulas daqui até o Natal, ele não teria como me dar uma nota de final de semestre.

— É uma pena, pois logo vou fazer uma viagem de uma semana ao Egito com o meu namorado — eu disse.

— Eu sei que você é capaz. Mas você não pode ir viajar logo agora! — o professor regente retrucou.

— Eu te prometo que não vou faltar a nenhuma aula no semestre que vem. Juro. Só preciso fazer essa viagem antes.

— Você está usando drogas? — ele então perguntou.

Fiquei tão transtornada, pois é claro que não usava drogas! Ou será que usava? Bem, eu havia fumado haxixe uma vez e tinha um peso enorme na consciência por isso. Será que as pessoas podiam ver na minha cara? Será que estava escrito na minha cara que eu estava me perdendo na poeira? Eu passava as manhãs me virando de um lado para o outro na cama encharcada de suor e ia à escola só para almoçar e então saía outra vez. Ficava sentada escrevendo nos cafés. Eu ia com especial frequência àquele café onde uma jovem escritora passava os dias sentada, fumando e escrevendo num caderno de anotações grande e preto. Ela estava sempre lá e eu a admirava profundamente e lia todos os livros dela tão logo eram publicados e pensava que eu a tinha visto. Que eu a tinha visto escrevendo esse ou aquele livro. Ou então, ficava vagando de dia pela cidade pois isso me acalmava e fazia a inquietude desaparecer. Chegava atrasada na sala de aula sem ter lido as lições e não participava de nada e não conhecia ninguém. Drogas? Será que era porque eu andava com uma jaqueta de couro grande, marrom e puída e tinha pintado o meu cabelo de vermelho? Eu parecia uma drogada?

— Por que você acha isso? — perguntei.

— Você nunca vem à escola. Estamos preocupados contigo. Tentamos ligar para a tua mãe, mas ninguém responde.

— Vou pedir para ela te ligar. Eu não sou drogada! Nunca usei drogas! É isso que vocês acham? Você tem que me dar uma nota de final de semestre. Não importa que nota eu tire. Vou provar para vocês todos no próximo semestre — eu disse.

Fui para casa e liguei para o Erik e desabafei:

— Tudo bem, vem para cá — ele disse.

E fui até ele, mas não me senti melhor como costumava sentir ao ir até ele.

Alguns dias depois, fizemos nossas malas e viajamos até o Cairo. O Erik foi ótimo em garantir que a gente visse tudo o que tinha que ver. Ele ia com o mapa e sabia como chegar a todos os lugares e eu simplesmente o seguia. Ele era tão organizado e belo e eu meio que entrei na maneira dele de ser. Curioso. Honesto. Ambicioso. Vimos as pirâmides, visitamos todos os museus. Andamos pelas ruas do Cairo e era tão maravilhoso sentir aquela vitalidade que eu disse a ele que o amava e ele disse que me amava. Eu realmente sentia dentro de mim que o amava. Que a vida com ele era a vida de verdade e que a minha vida em casa e na escola era uma vida de merda. Pegamos um táxi até o canal de Suez e o Erik perguntou de tudo ao taxista. Onde a família dele morava? Se não era fantástico viver num país com uma história tão rica e como eles construíram o canal de Suez? Como foi possível deter o oceano? Morreram muitos operários durante a construção? Ele tinha interesse em arquitetura. Realmente tinha um enorme interesse. O taxista buzinava o tempo todo, enquanto contava a respeito de todos os lugares por onde passávamos. Os bairros, os cafés, os prédios inacabados. Todos os motoristas do Cairo buzinam o tempo todo e éramos acordados todas as manhãs bem cedo no nosso quarto de hotel imundo por todo tipo de barulho e nós dois achávamos aquilo emocionante, mas o Erik era quem falava mais e me contava a respeito de tudo o que víamos e prováamos e eu pensava por que o Cairo não me impressiona tanto quanto a ele? Para mim, era mais a sensação de estarmos juntos longe de tudo. Num lugar totalmente diferente onde nada se parecia com a vida que vivíamos normalmente. Por que eu não fiquei tão impressionada quanto ele com as pirâmides? Para mim, o mais divertido de tudo foi andar no deserto no lombo dos dromedários exaustos. O Erik fez aquilo por mim, era algo que só os turistas faziam e por isso era muito menos interessante do que descobrir o Cairo por conta própria.

    O que eu mais lembro daquela ocasião é de quando estávamos no canal de Suez e vimos as enormes embarcações atravessando aquele canal onde a Europa encontra o mar Vermelho. Dois continentes tão próximos um do outro. Era o sentimento de algo maior que a própria vida. De que ali estava o mundo em sua grandeza. Ventava e o vento era tão quente e erguia a areia, por isso, era quase impossível de ver algo e o céu era branco, mas não branco de nuvens, simplesmente branco por si mesmo. O taxista não parava mais de falar e de repente se virou para mim e disse:

— Você tem um namorado bacana. Você tem que ser uma boa namorada com esse rapaz tão legal.

Por que eu não era uma boa namorada? O que é que ele sabia a meu respeito? Nada. Pensei que eu tinha que exprimir meus pensamentos de alguma maneira. Eu não podia simplesmente viver a minha vida por dentro de mim. Voltamos para casa e, no dia seguinte, terminei com o Erik. Eu precisava me transformar e ele não se encaixava nessa transformação. Eu iria me tornar uma verdadeira aluna do ginásio Östra Real. Eu iria comparecer a cada aula, mesmo se ficasse doente, e na verdade nunca ficava. Eu iria organizar a minha vida e abandonar aquele meu estilo obscuro.

Foi uma experiência horrorosa terminar com o Erik. Ele era tão bom em todos os aspectos e nunca iria entender porque eu de repente não queria mais estar com ele. Passei o dia inteiro juntando forças. Eu iria simplesmente dar cabo daquilo e depois tinha hora marcada no cabeleireiro. Eu iria tingir o cabelo de castanho escuro e fazer um corte estilo pajem. Eu estava tão nervosa ali, sentada à janela e observando o parque. Quando ele por fim tocou a campainha, eu dei um salto e corri para abrir. Ele trazia nos braços um buquê de rosas cor-de-rosa. Aquelas eram as flores mais lindas que eu já tinha visto. Eu sequer agradeci, não disse nada. Simplesmente fui até o meu quarto com o Erik atrás de mim e coloquei as rosas em cima da cama e me virei e disse que estava terminando tudo. O Erik não acreditava.

— Talvez eu tenha exagerado um pouquinho com as flores, eu sei, mas você não precisa ficar com essa cara.

— Preciso sim! Está tudo acabado entre nós — eu disse.

— O quê? O que é que você está dizendo? — ele perguntou.

— Estou dizendo que está tudo acabado entre nós — respondi.

— Para! — o Erik exclamou.

Ele continuou olhando para mim com um sorriso, pois achava que eu só estava me sentindo ansiosa, ou sei lá o que é que ele estava achando. Não que isso importasse muito, em todo caso.

Eu me neguei a dar qualquer explicação. Afinal, eu não sabia mesmo o que dizer. Era apenas uma forte intuição de que precisava me reerguer e de que ele não poderia fazer parte da minha vida quando eu começasse a fazer isso. Ou talvez porque eu fosse um nada ao lado dele. Ou talvez principalmente porque o Magnus disse que eu tinha que me afastar do Erik e amadurecer. Convenci ele a ir embora e fui até o salão e cortei o cabelo e parecia totalmente diferente com o corte novo e comecei a estudar e a frequentar todas as aulas e dei fim em tudo que havia de velho e a minha mãe voltou da turnê e tudo ficou totalmente normal. De alguma forma, tudo ficou bem outra vez. Eu não tinha mais aquela sensação de inquietude. Descobri um jeito. Se eu sentisse algo começando, então meio que me concentrava rapidamente em alguma outra coisa. No que eu estava lendo, ou na minha aparência. Decidi começar a me maquiar e a ser uma boa aluna na escola, talvez não a melhor, mas uma boa aluna de verdade. Eu me tornaria excelente no que eu já era boa e iria me esforçar no restante. A única coisa impossível de salvar era a matemática, mas nisso eu tive sorte, pois o nosso professor era alcoólatra. A resposta-padrão dele era:

— Estou sempre sendo caçado com um maçarico no colégio.

Ele se ausentava com tanta frequência, não sabia ensinar direito e estava ciente disso, então, ganhei uma nota intermediária graças à consciência pesada dele. Em todas as demais matérias, eu consegui melhorar a minha situação inicial bastante complicada e, no fim das contas, todos adoram alguém que dá a volta por cima. Os professores ficaram satisfeitos. As minhas notas no segundo semestre aumentaram de uma maneira dramática.

A minha mãe enchia o meu saco dizendo coisas do tipo que ela tinha saudade do Erik, que ela não entendia por que eu tinha terminado com ele. Ela literalmente esfregou isso na minha cara, dizendo certa vez:

— Vi o Erik no centro. Ele parecia tão chateado.

Claro que eu queria ligar para Erik. No entanto, o fato é que eu agora estava me sentindo melhor. Eu era outra pessoa. Eu, que tinha passado por uma experiência tão terrivelmente perturbadora, daquela vez em que o meu professor regente perguntou se eu usava drogas, agora me divertia contrariando as expectativas. Eu não me vestia como as outras garotas. Não tinha nenhuma jaqueta vermelha da Canada Goose e coisas desse tipo, mas mesmo assim eu achava que não destoava do grupo. Por isso, fiquei chocada quando o meu professor de sociologia, aquela imundície de um moderado, um dia me humilhou na frente da turma toda. Ou seja, o Gert Lienhart, aquele desprezível dos infernos, era integrante ativo do Partido Moderado.[xv] Ele corria para cima e para baixo pelas escadarias da escola antes da eleição, conversando com as pessoas sobre as vantagens das políticas dos moderados e continuava vomitando as suas baboseiras moderadas na sala de aula. Durante toda a minha época no ginásio, ele nunca mencionou o Olof Palme.[xvi]

    Durante os meus três anos de ginásio, ele sempre começava as provas de sociologia do mesmo jeito. Quem foi Margaret Thatcher? Ele achava aquilo divertido. Ele era sabidamente admirador dela. A resposta esperada era "primeira ministra

---

xv   Refere-se ao Partido da Aliança Moderada (até 1969, Partido da Direita), fundado em 1904 e informalmente denominado "Moderados", de tendência liberal-conservadora, desde 1979 a segunda maior força partidária da Suécia. Os Moderados lideraram o governo nacional de 1991 a 1994 e novamente de 2006 a 2014.

xvi   Olof Palme (1927—1986) foi primeiro ministro da Suécia de 1969 a 1976 e de 1982 até seu assassinato, ainda não esclarecido, em 28 de fevereiro de 1986, na avenida Sveavägen, no centro de Estocolmo, ao voltar para a casa com a esposa Lisbet após irem ao cinema desacompanhados de guarda-costas. Líder do Partido Operário Social-Democrata da Suécia de 1969 até sua morte.

conservadora do Reino Unido". O Lienhart nunca esqueceu que, na minha primeira prova com ele, respondi que não tinha a menor ideia de quem foi Margaret Thatcher, então, um dia em que eu não conseguia responder a uma pergunta, não me lembro a respeito de quê, ele não me deu desconto:

— Pense. Pense. Você realmente não sabe a resposta?

Fiquei tão fula que respondi:

— Não, eu não sei a resposta.

Então ele me disse algo de que nunca vou esquecer:

— Você passa as noites entre a praça Sergel[xvii] e o Régio Teatro Dramático.[xviii]

---

xvii Praça localizada no coração de Estocolmo, e conhecido ponto de encontro informal e local de concentrações e manifestações artísticas, políticas e sociais.

xviii Refere-se ao *Dramaten*, cujo nome formal é Régio Teatro Dramático (*Kungliga Dramatiska Teatern*), fundado em 1788, e é o teatro nacional da Suécia e principal plataforma de montagens dramáticas no país. Fica no largo Nybroplan, na região central de Estocolmo, a cerca e um quilômetro da praça Sergel.

Entrei num tipo de estado de choque. Senti as minhas têmporas latejando. O que é que ele estava querendo insinuar? Que eu ia comprar drogas na praça Sergel? Todos os alunos riram. Eu não respondi nada para aquele jumento. Só fiquei ali sentada e matei aquilo no peito. Até hoje ainda me incomoda o fato de eu simplesmente não ter perguntado a ele:

— O que você está querendo insinuar com isso?

Aquele nojento do Lienhart sabia que tinha extrapolado o limite e encerrou a aula. Contei para a minha mãe o que ele me falou e ela ficou tão enfurecida que ficou ligando para ele todos os dias às seis da tarde durante uns três meses. Era sempre a esposa dele que atendia:

— Não, infelizmente o Gert também não está em casa hoje.

Não precisei mover uma palha para garantir a nota máxima pelo resto do ano letivo. E nunca mais tive que responder quem foi Margaret Thatcher.

Assim eram os nossos professores: coléricos, alcoólatras, idiotas.

Por isso, a Lena Ragne, a professora de filosofia que tivemos no terceiro ano, era especialmente maravilhosa. Os garotos a detestavam, xingando-a de "demônia do caralho" porque a gente não tinha a opção de estudar para as provas dela, nas quais tínhamos apenas que responder às questões de uma maneira que demonstrasse que entendíamos o que algum conceito significava. "Que —ismo afirma que em vinte anos podemos tornar um desafortunado afortunado?" Sim, eles eram incapazes de chegar a esse tipo de conclusão, para minha alegria. A Lena Ragne distribuía um polígrafo com um glossário de conceitos antes de cada prova para que a gente se preparasse durante trinta minutos. O resto era pura compreensão. O mais engraçado era a pressão que os próprios pais dos alunos faziam durante as reuniões de avaliação com ela, durante as quais diziam coisas do tipo:

— Olha aqui as outras notas do Putte. Você vai ser a única professora a dar a ele uma nota baixa?

Às vezes ainda penso na aula em que ela nos ensinou a respeito do existencialismo. Ela pediu que a gente fechasse o caderno:

— Vocês nunca vão esquecer o que vou lhes dizer agora. O ser humano define a si mesmo pelas suas ações. As suas ações e omissões, ou seja, não apenas aquilo que você faz, mas, talvez até em maior grau, o que você deixa de fazer, é o que irá lhe moldar enquanto ser humano. Você é a sua própria moral. Você está condenado à liberdade.

Como fui parar ali? Nos corredores do ginásio Östra Real[xix] e com aqueles estúpidos da elite? Bem, porque eu mesma me tornara uma estúpida. Me integrei tanto e de uma tal maneira que uma parte de mim ficava escandalizada. Ali estava eu sentada e como que enquadrada, apesar de secretamente afirmar ser uma pessoa totalmente diferente. Ali estava eu numa porcaria de uma banheira de hidromassagem no bairro grã-fino de Djursholm[xx] com umas minas e uns garotos asquerosos que eu não conhecia e que ficavam assistindo filmes pornô enquanto apagavam os cigarros na água corrente. Aquilo extrapolava tudo. Até onde alguém pode se rebaixar?

Durante aqueles anos, eu vivia aquela vida paralela. Uma vida, não exatamente de garota da

---

[xix] Ginásio municipal localizado em Östermalm, bairro de elite na região central de Estocolmo.

[xx] Bairro de elite localizado no município de Danderyd, na região metropolitana de Estocolmo.

elite, pois isso é impossível de fingir, é algo que está na coluna vertebral e é tão arraigado nos genes, mas ainda assim como alguém que se enquadrou nas regras não escritas do ginásio Östra Real. Durante aqueles anos, eu nunca disse que era social-democrata.[xxi]

Acho que a profissão da minha mãe, que era atriz do Régio Teatro Dramático, era suficientemente exótica mas do jeito certo. Muitos pais e mães de alunos de elite marcavam uma visita ao teatro só para poder beber champanhe no foiê de mármore durante o intervalo. Acho que o glamour da minha mãe se estendia um pouco a mim. Eu era aceita. E o que foi que eu ganhei com isso? Era ainda pior quando eu ficava com algum deles. Não o Oskar, ele era um querido, além disso nós também nem ficamos de verdade, mas o Greger sim, eu fiquei com ele por uma semana durante o meu tempo de ginásio. Nem vamos compará-lo com o Erik! Tudo o que vivi com o Erik e tudo o que não vivi com ele. Ambos ficamos gratos quando tudo acabou. Decidi que não iria ficar com mais ninguém e ele voltou com alívio para a sua namorada anterior. O meu lado durão também cumpriu o seu papel e fez com que eu, talvez não absolutamente

---

[xxi] Refere-se aos filiados e apoiadores do Partido Operário Social-Democrata da Suécia, tradicionalmente de esquerda, que ocupou o poder durante boa parte do século XX e instituiu, a partir da década de 1930, as bases do estado social no país.

intacta, mas apesar de tudo ao menos sem sentir angústia e inquietação, deixasse os três anos mais sombrios da minha vida com boas notas. Notas das quais depois nunca mais precisei. As minhas notas em língua sueca e literatura bastariam para eu me matricular nos cursos livres que mais tarde frequentaria na universidade. Senti um alívio enorme no dia em que me formei. No entanto, o que eu iria fazer com toda aquela liberdade?

Eu me embriaguei tanto de álcool como de alegria e à noite escapei daquela tristeza que era a minha própria festa de formatura e fui até a casa da Nina encontrar o Magnus e os outros que lá estavam. E a Nina também, claro, ela que era o meu maior esteio. Ela que sempre foi uma querida comigo. Eu queria ir àquela nova boate, Hunky Dory, mas também queria voltar bem cedo para casa, pois não queria encher a cara totalmente e arruinar a minha reputação por completo, ao mesmo tempo em que tinha muito medo de voltar para casa sozinha no escuro. Afinal, quem poderia me socorrer? Qualquer um poderia me agredir ou me arrastar para dentro de um carro e a Nina sabia disso, pois ela sim me conhecia de verdade, por dentro e por fora, então ela sempre me acompanhava até em casa e depois voltava para a boate e era emocionante depois ouvir alguém tocar a campainha tipo lá pelas três ou quatro da madrugada, e então ela me contava todos os babados, quem tinha dito o que para quem e depois ela caía no sono e eu continuava acordada e tentava digerir tudo em que ela havia se metido. Eu sempre ficava acordada a madrugada toda depois do Hunky Dory, apesar de não beber mais do que três cervejas, bebidas destiladas jamais. Àquela altura, eu sabia o quanto podia beber para não perder a cabeça nem fazer alguma bobagem que levasse o Magnus a deixar de gostar de mim. O Hunky Dory era um lugar distante dos meus colegas de aula e tipinhos parecidos. Só conseguíamos entrar lá porque algum parente distante da Nina era o dono da boate. Por sorte, a Nina e o Magnus não eram de uma família de elite, porém, a meu ver, eles eram incrivelmente sofisticados e na casa deles rolavam conversas de verdade a respeito de assuntos interessantes e a mãe dela muitas vezes sentava-se com a gente e eu gostava disso, mas gostava ainda mais quando eu despertava a atenção do Magnus. O que eu às vezes conseguia, quando ele estava com aquele tipo de humor. Eu estava tão apaixonada pelo Magnus. Bastava ele roçar em mim de leve ao passar e era como se alguma coisa dentro de mim começasse a andar de elevador. Eu era mais apaixonada por ele do que tinha sido pelo Erik. Uma estupidez, mas é verdade. O Magnus, que jamais ficaria comigo, significou, apesar de tudo, mais do que qualquer outra pessoa para mim, e na casa dele e da Nina eu podia me desfazer daquela lenga-lenga do ginásio Östra Real, no entanto, aquilo era um pouco irritante, pois na casa deles o que importava não eram as coisas que eu acreditava dominar. Nunca conversávamos sobre literatura nem sobre teatro, o que por si só era um refrigério, mas mesmo assim. Eu ficava praticamente o tempo todo calada quando estava com todos eles. Só quando bebíamos que eu conseguia deixar a minha timidez de lado e participar da conversa.

Apesar disso, eu apreciava aquela minha timidez e aquela minha cautela de quando estava com eles, tanto quanto eu gostava de deixar a timidez e a cautela para lá. Desvestir a minha timidez como um vestido que escorre pelo corpo da gente e estar na companhia dos outros de uma forma mais profunda, mais grave, mais significativa.

A minha timidez era mais verdadeira do que aquela personagem espalhafatosa que eu incorporava no ginásio Östra Real. Afinal de contas, eu era uma pessoa verdadeira quando estava na companhia deles. Aquela era eu. Ali, eu me parecia comigo mesma como a gente se parece consigo mesmo quando não mentimos, nem nos explicamos, nem criamos uma segurança tão frágil que a brisa mais leve é capaz de nos deixar nus e indefesos num corredor. Eu abri mão de mim mesma com tanta facilidade, mas por quê? Para passar aqueles anos no ginásio Östra Real fingindo ser alguém? Alguém que brilhava com seus conhecimentos literários, que entendia todos os poemas, mas que apesar disso era incapaz de soletrar a palavra integridade.

Por que fico me torturando com lembranças daquela época? O que é que ainda não está resolvido, superado e há muito esquecido? Quer dizer, que distância eu não percorri desde então? Todos os jovens abusam de si mesmos. Amadurecer não é brincadeira de criança.

Já escrevi essa frase antes. Como são irritantes essas frases que se repetem. Ou será que talvez elas sejam as mais importantes?

Talvez eu não devesse ter ido tão longe, mas quão longe de fato fui? Eu ficava na minha e aquele pajem sombrio ainda era eu mesma, só que agora com aquela rispidez, aquele medo de perder o que era importante e, talvez ainda pior, uma sensação não de ter excluído alguém, mas sim de ter participado disso, determinando o que importava e o que não importava. Quem podia estar conosco e quem não podia.

Que serventia eu posso tirar disso agora? Aqui nesses arrabaldes, onde me agarro com força às minhas mazelas para não enxergar algo que é ainda pior. A solidão, a sensação de não ser mais amada, de não conseguir amar a mim mesma. Os meus filhos gritam para mim em meus sonhos e aqui estou eu atolada na merda até o pescoço. Eu, que já não tenho mais um abraço onde me esconder, só, sem ninguém em quem me agarrar com força, derrotada pela vida, e quem foi que empunhou o machado? Foi ele, ou fui eu, ou nenhum de nós? Fui eu que fugi da minha vida, ou foi algo que eu não escutava, mas que mesmo assim se inclinou até mim e falou comigo com outra voz, uma voz mais clara e de visão desimpedida que me enxergou ali no vendaval, recuando assustada até os arrabaldes da alma que me eram tão familiares. Os pijamas macios, as refeições em horários fixos, a cama, a cama, a cama.

Acorda. Eu te ordeno. Acorda!

A escuridão morosa da depressão, o nada e a morte de olhos abertos da depressão, é isso que me aguarda quando chego ainda mais ao fundo. Lá onde não existe palavra alguma, consciência alguma, apenas esse sono arrastado de manhã, à tarde, à noite e a angústia que cerca cada célula.

A cada manhã quando você acorda e o terror quando você por fim percebe com todas as partes de ti e todos os pensamentos. Você está acordada.

Tantas manhãs em que acordei e inicialmente achava, sentia, que tudo estava como de costume. A casa, as crianças, o marido que acabara de sair para trabalhar.

Achava que estava escrito nas estrelas que ele e eu éramos nós. Foi isso que eu também te disse quando você disse que queria se divorciar. Faz muito tempo desde a última vez em que você se comportou como se tudo estivesse escrito nas estrelas, você disse "vamos" e então entramos no carro e fomos passear e conversamos e era um início de verão, tudo florescia e em meio a tudo isso aquela sensação de que agora, exatamente agora, as paredes iam desabar em cima de mim. E em meio àquela intuição de vida e morte, apesar de tudo uma certa alegria pelo fato de conviver contigo. Conversamos um com o outro e faz muito tempo desde a última vez em que você conversou comigo desse jeito. Como se quisesse algo comigo. A última vez que eu e você fomos nós.

Desde então, aquela felicidade me intriga. O que foi que eu vivi ali naquele carro? Uma espécie de intensa dádiva da vida, tanto por fora, na primavera, nas cores, como por dentro, em nós, naquele carro. Era a sensação como se a gente falasse muito lentamente, como que debaixo d'água, ou a um só tempo perto e muito distante. As palavras ganhavam uma ressonância. Uma espécie de pressão intensa, ao mesmo tempo em que tudo era tão claro. Eu não tinha medo, não naquele momento, era como se eu fosse capaz de tudo, simplesmente. Isso mesmo. Sou capaz de tudo. Tudo. Não tenho medo de nada.

Sempre tive um conceito extremamente elevado a respeito de mim mesma. Ninguém precisava me dizer que eu escrevia bem. Eu sabia disso por dentro, mesmo durante os anos em que não escrevi. Que era só me sentar e as palavras viriam. Eu sabia disso da mesma forma que alguém sabe quando vai à guerra que pode matar alguém. Me dá essa faca. Vou te matar. Se a escolha for entre ti e mim, eu sairia vitoriosa de qualquer guerra. Talvez fossem, afinal de contas, as palavras que o meu pai me disse que me fizeram achar que podia tudo. Absolutamente qualquer coisa. Não, foram as palavras que eu dizia a mim mesma quando tinha a visão desimpedida. Eu fantasiava a respeito de guerras apenas para ter a sensação de que era imbatível. Provavelmente é a megalomania nos meus genes que de vez em quando irrompe à superfície.

Eu sempre soube que era capaz de escrever como se fosse uma questão de vida ou morte.

E é uma questão de vida ou morte. A vida fica sem sentido quando não escrevo, carrego isso dentro de mim, apenas espero que uma guerra comece e tenho uma tal capacidade de trabalho que é como se eu cantasse de corpo e alma. É tão fácil. Sigo o fluxo das palavras e nada sai errado. Sinto imediatamente se algo sai errado. Sinto uma certa angústia e jogo fora cinquenta páginas se elas me levam a uma pista equivocada. Na maioria das vezes, as palavras me levam às pistas certas. Sei que devia ser incrivelmente grata. Não me importo com o que os outros vão achar e raramente aceito palpites. Talvez precise das tuas ideias quando tenho dúvida a respeito de algo ou fico envergonhada com o que havia escrito, e durante os anos em que estive contigo, você me deu muita força. Você me conhecia tão bem que sabia aonde eu queria chegar depois de ler umas poucas páginas e era capaz de dizer as palavras que você sabia serem importantes para mim quando às vezes eu empacava. Você sempre dizia "em vez disso, escreva" toda vez que eu ficava mal-humorada e desperdiçava o meu tempo, e eu também dizia isso a mim mesma, pois era à minha própria voz que eu dava mais atenção. Eu admirava o teu ouvido absoluto, mas me valia mais do meu próprio ouvido. Eu tinha a sensação de que soltava todas as rédeas. Como se estivesse cavalgando numa carruagem, envolta na claridade, apesar de ser madrugada. Eu sabia que os cavalos estavam ali no estábulo esperando por mim. Eles davam coices na parede, estavam alimentados, exauridos, quando entrei no estábulo. Até que enfim você veio. Eles estavam agitados quando os encilhei e os arriei na carruagem, os cavalos mais robustos mais próximos de mim, os mais assustados bem na frente, assim, os animais mais confiáveis ditariam o ritmo, enquanto os mais temperamentais podiam enxergar melhor no escuro. Era só tomar assento no lugar do cocheiro e dar rédea solta aos cavalos, como num filme mudo do Mauritz Stiller.[xxii] Os cavalos de Selma[xxiii] galopando na *Saga de Gösta Berling*.[xxiv] Não, aqueles eram os meus cavalos. Somente meus. Era impossível sair da estrada com cavalos como aqueles. Todos negros. Aquilo era um deleite. Aquilo era liberdade. Liberdade.

Quando criança, eu adorava quando íamos cavalgar e, depois de bem-adentrados na floresta, simplesmente dar rédea solta para os cavalos galoparem. Aquela sensação. Era diferente de quando eles corriam descontrolados. Ali era puro contentamento. Aquela potência à brida solta. Fundir-se com o cavalo, erguer-se na sela e se inclinar para a frente e simplesmente desbridar. Os cavalos também adoravam aquilo. O que acontecia naquela floresta era como um segredo. Nunca falávamos sobre aquilo. Talvez disséssemos coisas do tipo que aquele tinha sido um ótimo galope, mas não

---

xxii   Mauritz Stiller (1883—1928) foi um ator, diretor e roteirista sueco que se sobressaiu no período do cinema mudo, responsável, em 1924, pela adaptação da *Saga de Gösta Berling* mencionada pela autora.

xxiii   Refere-se à escritora sueca Selma Lagerlöf (1858—1940), primeira mulher a fazer parte da Academia Sueca (a partir de 1914) e vencedora (em 1909) do Nobel de literatura, concedida por aquela academia. É ainda uma das escritoras suecas mais lidas e de maior renome no mundo todo.

xxiv   Publicado em 1891, é o romance de estreia e um dos mais populares de Selma Lagerlöf, já tendo sido traduzido para mais de cinquenta idiomas.

falávamos propriamente da sensação vigorosa daqueles poucos minutos a toda brida.

Também era uma sensação bonita tomar as rédeas e fazer um galope sincronizado e depois parar e deixar os cavalos trotearem para casa com a rédea frouxa. A gente sente por dentro por quanto tempo deve dar rédea solta e simplesmente desfrutar da velocidade, da liberdade, e quando já é hora de parar. É quase ainda melhor do que escrever. Galopar na floresta à brida solta.

No acampamento de equitação, a gente podia se banhar com os cavalos. Montávamos sem sela e cavalgávamos lago adentro em marcha acelerada. Quando o cavalo começava a nadar, desmontávamos e agarrávamos firme no pescoço do cavalo. Alguns recebiam uma pisada de casco no pé, os cavalos simplesmente nadavam, não se preocupando com a gente, mas eu nunca levei coice algum dentro do lago. O meu corpo ficava totalmente relaxado e simplesmente me entregava. Como agora.

Alguma vez reclamei? Eu podia haver me recusado. Me recusado a entrar na fábrica.

Não depois, quando não podia falar por mim mesma. Nequele momento, eu não podia fazer mais nada.

E mais tarde? Por que nunca fiz isso? Será que eu não me importava? Sim, claro que eu me importava. Porém, não havia nenhuma saída, então eu simplesmente entreguei os pontos. Me levantava da cama quando chegava a hora e caminhava aqueles vinte metros sem me desviar. Não adiantava nada dizer que eu não precisava do tratamento. Isso nunca me ajudou em nada. Bem pelo contrário.

Ninguém me escutava.

Eu não podia decidir nada por mim mesma enquanto estivesse internada coercitivamente e fosse um risco para mim e para os demais. Assim eram as regras. Pessoas que não me conheciam escreviam a meu respeito em prontuários que eram repassados a cada novo médico que eu consultava. A lei sueca de tratamento psiquiátrico coercitivo.[xxv] Percepção precária da realidade. Estados de humor oscilantes. Períodos de latência superiores a um minuto. Eventual abuso de haloperidol.[xxvi]

[xxv] Promulgada em 1991, é a legislação que regula o polêmico instituto da internação e do tratamento psiquiátrico coercitivos na Suécia.

[xxvi] Fármaco neuroléptico do grupo das butirofenonas também utilizado, desde o final dos anos de 1960, no manejo da agitação, da agressividade, dos estados maníacos, da psicose esteroidea e do distúrbio de Gilles La Tourette. Atua bloqueando seletivamente o sistema nervoso central e certos receptores da dopamina, donde seu efeito antipsicótico indicado, mas também seus efeitos motores extrapiramidais (efeitos colaterais). Contraindicado para pacientes com doença de Parkinson, depressão do sistema nervoso central grave ou tóxica e grávidas (no primeiro trimestre da gestação) e de uso controlado em pacientes portadores de epilepsia.

Restrições. Algo mais? Sim, sempre havia algo a ser corrigido, acrescentado, regrado. Eletrochoques com máxima potência. Os de baixa potência causavam menos efeitos colaterais, porém, o tratamento com eles não era considerado tão eficaz. Como é possível que eu estivesse lá uma semana após a outra sem que algo começasse e algo terminasse? Quem era que decidia a minha vida? Por que eu havia capitulado e quem é que dava as cartas?

Não havia resposta alguma. Nenhuma resposta verdadeira, precisa, então eu me satisfazia com as migalhas que caíam da mesa dos gorduchos. Sim, eu assino embaixo de tudo que me pedem, mais ou menos trezentas idas e vindas no corredor. Me pedem para caminhar. Me oferecem esse corredor e eu não me queixo.

Não chego a nenhures. Não aprendi nem mesmo as coisas mais simples.

Se eu desejo morrer?

Não sei. Sequer isso é claro para mim. Morrer de verdade. Quem sabe se existe algo do lado de lá? Já pensou se eu tiver que repetir todos os meus erros por toda a eternidade? Não posso imaginar um inferno pior do que isso. Quem se importa com a vida? Todo mundo. Todo mundo se importa com a vida. Valorize a vida como se fosse uma fábula. Por que não? Vou fazer isso pelos meus inimigos. Me levanto. Dou um passo até o corredor.

Depois de todos os meus erros, aprendi a pensar na vida como um dever. Os filhos nascem, um depois do outro. Fui colocada no mundo para tomar conta deles. Sei disso. A consciência de coisas desse tipo fazia com que eu tivesse que pagar caro para esquecer. Caro demais. Isso nunca mais voltará a acontecer.

Os pacientes medicados se amontoam nos sofás. Fingem assistir à televisão. Algum debate.

Sigo adiante, encontro um médico que está encerrando o expediente. O pior deles todos. O Alexander. Decido atravessá-lo com o olhar. O coração dele bate acelerado ali dentro. Será que ele tem medo de mim? O Aalif e o Zahid me veem passar. Não sei o que estou fazendo. Talvez eu esteja sonâmbula.

Quem sois vós, cavaleiros das sombras? Qual de vós ousai percorrer esse perigoso território? Entrai aqui onde tudo se dilui e desaparece. Não agravai a vossa covardia com a tristeza. Soltai tudo o que podei e dai um passo em direção à fábrica. Essa condição venturosa. Nem luz nem sombra. Os sonhos que te despertam com um grito. Sim, você se lembra. Dos corpinhos deles. A alegria toda especial de pari-los.

Eu estava apaixonada pela nossa bebê recém-nascida e não conseguia parar de olhar para ela. Época doce em que eu era dela e ela era minha. A Anna é curiosa e ousada. Ela é capaz de vagar pelas veredas da terra sem cair. Ela é capaz daquilo de que você não foi capaz. Seguir diretamente adiante. Todos os teus filhos são capazes disso. Eles pertencem a si mesmos, como quem nunca enfrentou quaisquer perigos. Por que estou mentindo? Para que todos nós possamos dormir e terminar de sonhar aquele sonho que nunca termina. Isso não é mais necessário. Você sempre foi tão pessimista. Como que sem rumo e com as lágrimas nas mãos. Seque-as como todos fazem. Levanta-te. Isso, assim. O que você vê? Vejo o Zahid distribuindo os medicamentos. Ele está vestindo o seu uniforme branco e o seu tênis azul claro, com toques de verde-hortelã. Você não vê mais nada? Sim, vejo, nos meus sonhos. Então sonhe. Sonhe. Se fosse tão fácil. Esses dias vão ter fim. Alguém que pega a minha vida e desaparece com ela. Certo. Iremos com tudo que temos. Você nos vê bem ao fundo do corredor. É verdade, não somos muitos. Mas vocês são fortes? Não são? Somos os teus desejos mais intensos. De verdade? Você nos cansa como se fôssemos teus amantes. Apague o fogo. Deixe a água se espalhar. Vamos todos afundar. É simples. Pare de respirar. Pare de ser quem você é. Certo, eu obedeço, por que não?

Fale claramente, como a tua mãe te ensinou. Não é difícil, apesar dos medicamentos. Estávamos sentados junto à janela no salão e aprendi a falar com uma voz que parecia a dela. Sobre o que vocês falaram? Falamos claramente sobre o pôr do sol e os corredores da escola estavam bastante úmidos. Eles me conduziam diretamente através da minha infância. Era só seguir diretamente adiante e depois cair de joelhos vestindo um manto branco. Lembro da cara da pastora que iria celebrar a minha confirmação[xxvii] quando contei que recebi a sagrada comunhão apesar de não ser batizada. Li minuciosamente a carta antes disso. Não mencionava nada a respeito de que a gente tinha que ser batizado. Três missas e uma sagrada comunhão. Era tudo o que dizia nos papéis que me mandaram. Eu quase sempre estava preparada. Ninguém me disse que a gente tinha que ser batizado.

Aquela história de acampamento de confirmação tinha sido ideia exclusivamente minha. Eu mesma descobri e entrei em contato com o

---

xxvii   Profissão pública de fé perante a comunidade religiosa (semelhante à crisma católica), ao final dos estudos confirmatórios (catequese) entre os adeptos do luteranismo, denominação protestante majoritária na Suécia e nos demais países nórdicos, além do noroeste da Alemanha.

retiro de Graninge Stiftsgård.[xxviii] Duas semanas mais tarde, o meu irmão estava sentado de braços cruzados na igreja e a minha mãe, na festa mais tarde, me deu a contragosto um crucifixo de ouro e, como provocação, a *Enciclopédia da Beleza* da revista Vogue. Choveu durante as duas semanas do acampamento. Foi uma libertação deixar aquele lugar. Deus me perdoe, mas foi. A pastora da nossa confirmação que imediatamente foi consolar a minha mãe e confessou que queria abrir os braços de uma maneira um pouco mais sensual. Será que a minha mãe poderia ajudá-la com isso? A minha mãe tentou não rir e tirou aquilo de letra como costumava fazer. Talvez ela fosse mesmo safa. Ela deixava a todos felizes sem abrir mão sequer de uma migalha de si mesma. E, de fato, ela mostrou à pastora como abrir os braços diante da congregação, e fez isso com um sorriso nos lábios. Um sorriso que eu sabia significar que ela estava apenas fazendo de conta. A pastora não percebia que ela ria às suas costas.

 Voltei para casa com a minha mãe e o meu irmão. O meu irmão não disse nada o trajeto inteiro, mesmo assim, era bom estar de novo em casa. Eles me recriminaram por causa dessa história de

---

[xxviii]   Complexo localizado em Baggensfjärden, no município de Nacka, que passou a ser utilizado como residência geriátrica em 2015, cujo edifício principal (Villa Graninge) foi construído em 1909 como casa de veraneio.

confirmação e Deus e foi um alívio cair nos braços da minha mãe:

— Pronto, agora você está em casa novamente — a minha mãe disse.

Depois, ela acariciou as minhas costas e então continuou:

— Aquilo foi um erro. Você não acredita em Deus, acredita?

— Não, é claro que não — respondi

Então todos nós rimos e depois fomos ao cinema.

— Não há nada que você sinta alegria ao lembrar? Algo da tua juventude, ou da tua vida adulta anterior de que você se lembre com orgulho?

A voz da Maria, uma voz que me habituei a escutar. Talvez nós duas fôssemos parentes? Não sei o que achar da Maria. Por que ela sempre está por aqui? É algo incômodo. Ela é como uma personagem de um filme de terror. Uma mulherzinha beata que se infiltra repentinamente na casa e passa a ser convidada para os almoços de domingo, tornando-se indispensável para a família graças à sua piedade, ao seu consolo, à sua compaixão, e depois, quando todos estão deitados dormindo, a faca feito um *fecho-éclair* desde o meu pescoço até o ventre. Sangue, morte e tristezas putrefatas. Durante a cerimônia de corpo presente na minúscula igreja interiorana, ela se senta na última fileira e sorri.

 Me perdoa, Maria. Por que foi que me tornei tão submissa assim? Nenhum chilique. Apenas refeições, corredores e tratamentos. Nenhuma visita. Essa cidade na qual jamais estive. Jamais andei pela cidade.

 A minha voz em vez da voz estridente dela. Paisagens, ar limpo. Uma mescla de tensão e de tudo que não tem sentido. Estou a bordo de um pequeno avião turboélice. Sobrevém uma nevasca, uma cerração, vamos aterrizar. No exato momento em que as rodas iriam tocar na pista, arremetemos. O avião oscila. A Olivia está assustada. Digo que aquilo era algo rotineiro para esses pilotos. Eles fazem isso o tempo todo. Montanha acima e abaixo. São os melhores pilotos do mundo. Não há perigo algum. Nada disso é perigoso. O nosso destino era o oeste da Noruega, onde morava a tua mãe. Eu não tinha a menor vontade de fazer aquela viagem. Aqui estamos, sentados e com os cintos afivelados nesse pequeno avião turboélice que faz o trajeto entre Bergen[xxix] e Førde.[xxx] O avião desce outra vez, o estrondo do motor. O avião faz a aproximação para aterrizar, uma descida abrupta:

— Agora vamos pousar — digo para a Olivia.

A neve, as luzes, toda aquela escuridão. Logo estaremos lá embaixo. Agora vamos pousar.

A força quando os motores aceleram para arremeter novamente. Subimos. A neve lá fora, nós aqui dentro. Na terceira vez em que o avião não consegue aterrizar, acho que vamos ficar voando em círculos por aqui até o combustível acabar. Não há lugar algum para pousar porque a terra já não existe mais.

[xxix] Cidade cercada de montanhas localizada na costa oeste da Noruega (na região tradicional de Vestlândia, da qual é a capital). Fundada, segundo a tradição, em 1070, capital da Noruega até 1299, foi ao longo da história um importante centro de comércio e navegação internacionais, integrando a Liga Hanseática entre 1360 e 1899, sendo atualmente a segunda maior cidade Noruega. Atualmente, a cidade, que se tornou o centro do setor de petróleo e gás da Noruega, tem uma população de 285 mil habitantes (420 mil na região metropolitana).

[xxx] Município localizado na região tradicional de Vestlândia, oeste da Noruega, com uma população de cerca de 10 mil habitantes.

— Vou ler um poema para ti, Maria. É dedicado a ti. Você certamente vai reconhecê-lo.

Sozinho

Pela terra toda, ruas
e estradas nos guiam,
porém, todos ao mesmo
destino se encaminham.

Seja de carro ou a cavalo,
a dois ou a três se pode andar,
o derradeiro passo, porém,
sozinho terás de o dar.

Por mais ciência ou saber,
nada é mais certo que isso:
sozinhos nos temos de haver
com o que na vida há de difícil.[xxxi]

— Herman Hesse. Um belo poema. Assustador, pode-se dizer, mas verdadeiro — a Maria disse.

[xxxi] Em alemão, no original: *ALLEIN // Es führen über die Erde / Straßen und Wege viel, / Aber alle haben / Dasselbe Ziel // Du kannst reiten und fahren / Zu zwein und zu drein, / Den letzen Schritt / Muß Du gehen allein. // Drum ist kein Wissen / Noch Können so gut, / Als daß man alles / Schwere Alleine tut.*

— A solidão não é algo exatamente assustador, pensando bem. Ela é o que é. Para todo mundo.

— Você gosta desse poema?

— Foi a nossa primeira lição de alemão no ginásio. Aprender de cor o poema "Allein" do Herman Hesse — eu disse.

— E você sempre se lembra dele de cor?

— Sim, claro que sim.

— Você tem uma excelente memória — a Maria disse e riu para mim.

— Eu sempre tive facilidade para aprender coisas de cor, só isso — respondi.

— Já volto. Vou distribuir os medicamentos e, enquanto isso, você devia comer algo do lanche da tarde. Você está magra demais. Se você não comer, vamos ter que dar nutrição intravenosa. Da próxima vez que te ver, quero ouvir a tua resposta à minha pergunta — a Maria disse.

Comi algumas fatias de pão de ló e imediatamente comecei a passar mal. Eu não tolerava doces muito bem. O meu pai era diabético. Ele tinha que mijar num tubo de vidro no qual depois colocava um tablete para medir o açúcar no sangue. Violeta queria dizer ótimo, verde era bom, vermelho mais ou menos, depois vinha o laranja se aproximando do amarelo que era realmente péssimo. Eu tinha o costume de conferir a cada manhã qual cor havia no tubo. Quando íamos de carro, só eu e o meu pai, visitar os meus primos em Vännäs,[xxxii] um municipiozinho nos arredores de Umeå,[xxxiii] a minha mãe me disse para, de duas em duas horas, dar ao meu pai uma dose de dextrose,[xxxiv] um tipo de açúcar de uva que faz o nível de glicose no sangue subir rapidamente. Deu tudo certo. Foi uma viagem ótima. O meu pai estava de bom humor e me

---

xxxii   Município (de cerca de 9 mil habitantes) da Bótnia Ocidental, na região tradicional de Norlândia, localizado a cerca de 30 quilômetros a oeste de Umeå.

xxxiii   Município localizado na Bótnia Ocidental, com população de 88 mil habitantes (158 mil na zona conurbada), fazendo dele o maior município da região tradicional da Norlândia e o décimo-terceiro maior da Suécia.

xxxiv   Conhecida como açúcar de uva (por ser abundante nessa fruta), é também produzida artificialmente, sendo usada para aumentar rapidamente a quantidade de açúcar no sangue e evitar, assim, crises de hipoglicemia.

ensinou a andar de esquis nórdicos[xxxv] numa pista de esquis com iluminação pública. A gente andava de esquis todas as noites. Eu adorava. A irmã do meu pai, Mona, parecia bastante irritada quando olhava para o meu pai.

Eu gostava muito, muito mesmo, dos meus primos, o Peter e o Petrus. Eles eram tão diferentes. O Peter era alegre, divertido e ao crescer se tornou policial e mora atualmente com sua família na casa dos pais, que acabou ficando com ele. Já o Petrus é um ótimo poeta. Tenho orgulho dele e sempre que tenho a oportunidade menciono o fato de que somos primos. O Petrus é um tipo à parte. Sabe como viver a vida. Tem uma família tão querida, seus peixes e seus poemas. O Peter e o Petrus. O Urban e o Ulf, meus outros primos que moravam em Luleå, eram muito mais velhos que eu e, quando era criança, eu os admirava muito, mas muito mesmo. Me deixava triste não ter mais qualquer relação com a Norlândia,[xxxvi] como eu

---

[xxxv] Se refere ao tipo de esqui no qual o calcanhar da bota não é fixado ao esqui (diferentemente do esqui alpino) utilizado nas modalidades olímpicas de inverno do esqui de fundo (*cross country*), do salto de esqui, do combinado nórdico e do biatlo.

[xxxvi] A região tradicional da Norlândia (que, como o nome indica, fica no norte da Suécia) conta com quase 1,2 milhão de habitantes e abrange mais da metade da área total do país (80 846 km²), fazendo fronteira ao sul com a região tradicional vizinha de Svealândia, a noroeste com a Noruega e a nordeste com a Finlândia.

chamava a Bótnia Setentrional[xxxvii] desde criança. Depois que a minha maravilhosa avó materna morreu, não restou mais ninguém. O alegre Ulf e o talvez um tanto peculiar Urban tinham as suas próprias famílias, seus peixes, seus trabalhos, suas caçadas. A Inga-Britt e o Stig envelheceram.

— Isso foi só uma divagação, Maria. Vou responder à tua pergunta. Quando você tiver tempo, é claro.

— Tenho tempo agora. Só vou buscar um chá — a Maria respondeu.

— Eu te acompanho — eu disse.

Então, fiquei parada junto ao carrinho do lanche e demorei um bom tempo me decidindo se chá ou café. O café espalhava uma inquietação em mim e fazia o coração bater mais acelerado, eu devia parar de beber café, mesmo assim, peguei uma xícara pequena, de qualquer forma. Talvez eu estivesse nervosa, mesmo sem querer aceitar

---

[xxxvii] Maior província da Suécia, correspondendo a quase um quarto da superfície total do país e com população de 250 mil habitantes, cuja capital é Luleå.

isso. Voltamos as duas até o meu quarto e a Maria se sentou na cadeira e me olhou de um jeito alentador. Pensei que agora ia dar cabo daquilo para poder depois ser deixada em paz, porém, me senti imbuída daquele momento e fiquei com medo do que iria dizer. "Vou simplesmente começar", eu disse a mim mesma.

"Eu estava fazendo estágio numa escola. Estive de licença médica por tantos anos, as pessoas que passam por isso ao final acabam ficando exauridas. Há algo que a gente possa fazer?"

Uma amiga me ajudou a conseguir aquele estágio numa turma na escola que a filha dela frequentava. Eu ia até lá todas as manhãs. No começo, tudo era caótico. Eu ficava numa sala com alunos que estavam na quarta série e os ajudava com um pouco de tudo. Língua sueca, língua inglesa, que eles mal estavam começando a aprender. Até mesmo matemática. Me alegrava compreender todas as matérias fundamentais e ser capaz de explicar aquilo a eles e, ao final do dia de trabalho, eu levava para casa os livros de matemática dos últimos três anos do ensino fundamental, que encontrei na sala dos professores, para fazer os exercícios. Tudo aquilo que, quando criança, eu não entendia. A raiva de quando o meu pai esperava eu voltar da escola apenas para me apresentar o discurso que tinha preparado tão logo me ouvia abrir a porta:

— Se o Pelle tem treze laranjas e dá três laranjas para a Nora, depois eles vão ao mercado e compram um quilo e meio de maçãs, que custam sete coroas suecas o quilo. Cada quilo corresponde a sete maçãs. Depois, eles dão metade das frutas para a Lisa, que, por sua vez, dá três frutas para a Eva. Quantas frutas eles têm juntos e quantas frutas cada um deles têm? E quanto da sua nota de cinquenta coroas o Pelle ainda tem depois de pedir para a Nora comprar sorvete com o troco? Nada, é claro! Hahaha! — o meu pai dizia, às gargalhadas.

Enquanto isso, o meu irmão calculava rapidamente quantas frutas tinha cada um.

— Não estou acompanhando — eu retrucava.

Depois, eu pegava um sanduíche aberto e, enquanto eu passava manteiga no pão, ele me dizia de que forma eu tinha que raciocinar e eu não prestava atenção e então ele perguntava se a gente não deveria jogar baralho e então jogávamos baralho e depois jogávamos xadrez e quando eu não aguentava mais jogar xadrez ele dizia que podíamos jogar seguindo os livros de xadrez:

— Você quer ganhar ou perder? Você quer ser o Karpov ou o Kasparov?[xxxviii]

Portanto, eu passava os dias com os alunos e ficava abismada de como eles eram diferentes. Uma das alunas ficava terrivelmente dramática depois das aulas, nos intervalos, quando estava cansada ou estava chateada, e com certeza também estava tentando me colocar à prova quando gritou que queria morrer. Conversei a respeito disso mais tarde com o pai dela.

— Então já sabemos o que nos espera hoje à noite — ele disse.

Além disso, ele também ficou bufando pelo fato de eu ser mais uma auxiliar na sala de aula, aliás, quem era eu, afinal de contas? Que direito eu tinha de estar ali? Estagiária. Isso não soa nada bem.

Os demais alunos não diziam nada, em sua maioria eram os meninos que se portavam assim. Eles raramente demonstravam interesse pelo

---

[xxxviii] Refere-se a Anatolii Evguenevich Karpov (Анато́лий Евге́ньевич Ка́рпов) e Garry Kimovich Kasparov (Га́рри Ки́мович Каспа́ров), ambos grão-mestres russos que se sucederam como campeões mundiais de xadrez nas três últimas décadas do século XX.

trabalho em sala de aula e muitos deles estavam ficando para trás. As meninas aprendiam mais rapidamente e já faziam intrigas de uma maneira bastante calculista. Quem podia participar? Quem não podia participar? O poder na sala de aula podia trocar de mãos facilmente, bastava um único passo em falso.

Fiquei feliz quando um garoto que, de acordo com os professores, tinha dificuldades gritantes, tanto com o trabalho em sala de aula como com o próprio temperamento, mudou para o que eu dizia ser a minha turma, apesar de não poder dizer que fosse a minha turma. O professor da turma era mais velho e experiente, e o garoto apresentou um progresso imediato em sala de aula. Era divertido sentar ao lado dele e ajudar. Ele falava monossilabicamente, era de poucas palavras e podia se levantar e sair da sala de aula a qualquer momento para ir se sentar lá fora. Eu ia atrás dele e me sentava ao lado dele, sem dizer nada por um bom tempo. Apenas ficava lá sentada com ele. Às vezes sucedia de a gente ficar sentados lá durante uma aula inteira e no intervalo seguinte. Até que por fim começamos a conversar um com o outro. Ele me contava sobre o que lhe interessava. Bateria. Ele me falava a respeito de vários bateristas de bandas que eu nem sempre tinha ouvido falar e eu perguntava sobre como ele próprio tocava, algo que tinha começado a fazer havia pouco. Nunca houve qualquer problema com ele na Escola de Cultura,[xxxix] que ficava logo ao lado, aonde eu o acompanhava após o final das aulas. Ele estava se dando melhor na escola, apesar de continuar suas saídas repentinas e aparentemente sem motivo para o corredor. Uma vez que era sempre eu quem ia atrás dele, era fácil perceber se ele queria conversar depois de alguns instantes ou se simplesmente queria ficar em silêncio. Estabelecemos algum tipo de relação e fiquei muito feliz quando ele certa vez se virou para mim e sorriu.

Eu só iria ficar naquela escola durante um semestre, que era a duração do meu estágio, nem se cogitava a possibilidade de eu ser contratada em definitivo. Nem sei o que teria respondido se me propusessem isso. Afinal de contas, eu não tinha formação nenhuma em pedagogia e tampouco queria estudar para me tornar professora, porém, eu gostava de frequentar a escola. Levantar a cada manhã, trabalhar o dia inteiro e depois voltar para casa. Ter a oportunidade de auxiliar aquele garoto e depois ir para casa e fazer os exercícios de matemática à noite. Entender o que eu havia desleixado quando criança. Nunca contei a ninguém a respeito disso. Do fato de eu fazer exercícios de

---

[xxxix] Centros de cultura e lazer que integram o sistema de ensino fundamental da cidade de Estocolmo, oferecendo um amplo catálogo de cursos extracurriculares (semestrais ou de curta duração) de música, teatro, dança, circo, artes e meios de comunicação nos diferentes bairros da cidade.

matemática avançada em casa no meu horário de folga. Eu achava aquilo divertido. Até que enfim eu estava aprendendo aquilo. Já fazia alguns anos que eu estreara na literatura com um livro de poemas e depois fiz parte do corpo de dramaturgos de um teatro importante, então, é claro que eu me sentia de alguma forma rebaixada por estar fazendo estágio numa escola. Entre uma coisa e outra, adoeci pela primeira vez e, depois dessa vivência, não me sentia tão durona quando mais uma vez me encontrava no meu apartamento me perguntando o que deveria fazer.

Eu me encaixava realmente bem naquele trabalho como auxiliar de reforço escolar. Todos os dias eram bons e alguns até mesmo excelentes. Eu não estava feliz, mas ao menos não me sentia angustiada. Apesar de tudo, eu estava fazendo alguma coisa. Os dias passavam. No encerramento do semestre, lá estava eu na sala de aula, me empanturrando de sorvete e cantando cantigas de verão com as crianças. Foi divertido quando ensaiamos, mas nem me ocorreu que as mães e os pais deles estariam lá no encerramento. E lá estava eu, que não era muito mais nova do que as mães e os pais, em pé, cantando em coro com os filhos deles, feito uma idiota.

Eu ficava olhando para o chão e me empanturrando de sorvete. Torcendo para que aquilo terminasse de uma vez. Quando notei que todos já tinham saído da sala de aula, respirei aliviada. Comecei a limpar o sorvete que havia respingado nos bancos, estava raspando a cobertura endurecida mas continuava me sentindo envergonhada quando a mãe do Ville, o garoto a quem eu auxiliara durante o semestre letivo, de repente apareceu diante de mim.

— Eu quero te agradecer pelo que você fez pelo Ville. Muito obrigada, de verdade. Foi muito importante para ele.

Nos entreolhamos e ambas tínhamos os olhos marejados, sentindo as lágrimas prestes a verter, desviei o olhar para o chão e disse:

— Eu que agradeço.

— Essa é uma lembrança muito boa — eu disse à Maria.

Depois, saí do quarto, pois as lágrimas estavam de novo prestes a verter depois que contei sobre o Ville, e a Maria percebeu, por isso me deu salvo-conduto para ir até o corredor.

É realmente só isso de que me lembro? Do início, mas não do fim. As crianças, uma depois da outra, num tal ritmo que eu sempre estava grávida de novo no dia do primeiro aniversário do anterior. Lembro de todos os filmes a que assisti, do clima no apartamento, dos mingaus, dos corpinhos deles, da cooperativa de mães e pais a qual eu adorava tanto. Lembro da personalidade diferente de cada um deles. Eles eram tão diferentes. Tinham aparências diferentes uns dos outros. Era uma delícia. Nunca deixei de ficar fascinada com como eles eram. A gente conversava muito sobre as crianças, ríamos e nos divertíamos, as tantas caminhas nas quais eles nunca dormiam. As noites com os corpinhos deles bem juntinhos da gente. Quando um deles acordava e eu inicialmente não sabia qual deles estava gemendo durante o sono. Lembro dos parques, das praias. Eles logo aprenderam a falar frases compridas. Também logo aprenderam a nadar. Eu me sentia contente todos os dias. "Não", você iria dizer. "Você ficava de cama por uma semana a cada mês." Sim, mas nas outras semanas eu estava contente e fazia de tudo. É verdade que a minha mãe com frequência ficava na nossa casa e nos dava uma mão. Você não gostava daquilo, mas aturava, pois assim podia escrever sem ser interrompido. Você escrevia e continuava escrevendo, ficava com as crianças, escrevia e continuava escrevendo.

Eu também escrevia. Quando o Josef, o menorzinho, começou a ficar na creche, comecei a escrever contos. Consegui emprestado um espaço para trabalhar na bela casa de uns amigos. Eu trabalhava no segundo andar, num cômodo de onde podia ver o jardim. De vez em quando, eles passavam o dia em casa, então, a gente conversava um pouco e eles faziam comida para mim.

Na primeira vez que me sentei para trabalhar no belo cômodo que me haviam emprestado, abri o computador e escrevi o primeiro conto de um golpe só. Não mudei nada. Foi naquele momento que compreendi que era só uma questão de escrever e continuar escrevendo. De alguma forma, eu já havia parido o meu livro de poemas a fórceps. Mas agora era diferente. Eu não devia nunca ter devolvido aquele espaço de trabalho que os meus amigos na cidade haviam me cedido em sua casa com jardim. Não sei porque mas um dia me vi sentada num espaço compartilhado num coletivo de trabalho a algumas quadras de lá. Ir até lá se tornava cada vez mais difícil. A ansiedade ficava cada vez pior. Aquela semana de cada mês era cada vez mais difícil.

Lembro da vez em que você e eu fomos à emergência psiquiátrica. Conversamos com uma médica, ela era loira e não era tão velha assim. Descrevi a minha situação e ela sugeriu alguns medicamentos, porém, o que me deixou assustada foi o fato de ela mencionar os eletrochoques como uma ótima opção. Você e eu dissemos que aquilo era algo antiquado. Apesar disso, ela continuou descrevendo a eletroconvulsoterapia como uma opção de tratamento leve e ótima:

— Não é mais como nos filmes antigos — ela disse.

— *Um estranho no ninho* — eu retruquei.

— Na verdade, eu tinha em mente *Voando sobre um ninho de cucos*,[xl] um filme que muita gente assistiu e ficou assustada — ela disse.

Nem me dei ao trabalho de dizer que ambas estávamos falando do mesmo filme.

— Como funciona então? Os choques não são mais aplicados na cabeça, ou ainda são? — perguntei.

---

xl Nesse diálogo, o filme *One Flew Over the Cuckoo's Nest* (1975), baseado no romance homônimo de Ken Kesey (1962), dirigido por Miloš Forman e estrelado por Jack Nicholson, Louise Fletcher, Willian Redfield, Will Sampson e Brad Dourif, é referido pela autora pelo seu título original e pela médica pelo seu título sueco (*Gökboet*). Para manter esse descompasso no diálogo, optamos por utilizar os títulos adotados no Brasil (*Um Estranho no Ninho*) e em Portugal (*Voando sobre um Ninho de Cucos*).

— Bem, na verdade ainda são. Porém, os eletrochoques são bastante precisos. É como reinicializar um computador — ela disse.

— Reinicializar um computador? Mas o que acontece se a gente esquece de "salvar" um arquivo? — perguntei.

Eu disse aquilo mais para interrompê-la, mas ela concordou que era bem verdade que havia certos efeitos colaterais, como perda de memória, mas que a maioria das lembranças voltavam.

— Ou seja, é algo antiquado — dissemos, antes de nos levantarmos e irmos embora.

Foi uma sensação e tanto me levantar e ir embora contigo. Alguns anos mais tarde, quando eu já estava internada na versão daquela cidade de uma enfermaria psiquiátrica, um asqueroso de um médico norueguês me disse, na tua presença, que ele pensou longamente no que deveria me falar. Ele tinha lido os teus livros e adoraria se aprofundar na tua obra e falava de uma maneira que nos irritou a ambos. Ele se dirigia a ti, como se eu fosse incapaz intelectualmente. Você se levantou e disse a ele que aquela conversa estava encerrada.

Coisas horrorosas aconteceram naquele lugar. É verdade que, na época, eu ainda tive forças para não aceitar a eletroconvulsoterapia, aquele tratamento tão popular. Eu não fui internada compulsoriamente, então, eles não podiam fazer como bem entendiam, como poderiam mais tarde na cidade junto ao lago.

Da primeira vez que fui parar lá, o médico de plantão conversou comigo e com meus acompanhantes. Você ficou em casa com as crianças. O médico não parava de falar. Por fim, consegui interrompê-lo para mencionar que a minha amiga e o marido dela haviam deixado o pai dela, um idoso, na casa deles cuidando das crianças, e que já estava na hora de eles voltarem para casa. Então, ele finalmente parou de falar, mas depois apertou a mão deles de uma forma que parecia que nunca mais iria largar. Quando eles finalmente foram embora, ele se virou para mim e disse:

— Vou te acompanhar até a enfermaria.

No elevador, ele me ofereceu um cigarro e disse:

— Agora aproveita os teus últimos minutos em liberdade.

Aquela enfermaria era uma desgraça e quando por fim recebi alta de lá para sempre, tudo era como num filme. Você se levantou da cadeira, olhou o médico bem nos olhos e então disse:

— Vamos, Linda. Você não vai mais precisar botar os teus pés aqui.

E saímos. Ninguém nos deteve quando caminhamos juntos pelo corredor. Era como se tudo estivesse queimando na periferia da visão, como se nós estivéssemos queimando tudo às nossas costas.

Anos mais tarde, li num jornal que um rapaz se enforcou com um cinto naquela mesma enfermaria. Com um cinto? Qualquer residente sabia muito bem que é preciso revistar os pacientes que dão entrada e privá-los de tudo que poderiam usar para machucar a si mesmos ou aos outros. Eu mesma era revistada a cada vez que era internada. Tesouras de cutícula, pinças, canetas, cadarços. Ninguém com um cinto passa batido. Sofri com a morte daquele rapaz. Senti bem forte dentro de mim que eu devia fazer um documentário para o rádio sobre aquele caso, sabia bem do que iria falar, pois eu própria havia sido internada naquele lugar. Além disso, eu era formada em radiodifusão e já tinha feito dois documentários para o rádio.

Eu sabia bem o que era ser internada compulsivamente numa enfermaria e desejar morrer.

Eu havia planejado toda a minha primeira noite na enfermaria em Estocolmo, quando era jovem e fui internada pela primeira vez num lugar desse tipo. Logo que botei os meus pés lá dentro compreendi que ali na enfermaria psiquiátrica Katarinahuset[xli] não havia nenhuma ajuda a encontrar. Aquele lugar era o próprio inferno. No dia seguinte, consegui uma licença para ir até em casa acompanhada da minha mãe para buscar umas roupas. Eu sabia em qual degrau da escadaria eu iria começar a correr para que tivesse tempo de abrir a porta do apartamento e correr até a janela, abri-la e pular antes que a minha mãe conseguisse me alcançar. Naquele dia, a minha mãe e eu caminhamos o percurso entre o hospital e o apartamento em que eu morava. Andei a passos acelerados e sem olhar para os lados até atravessar a rua. A minha mãe teve a veneta de entrar no minimercado Coop Konsum[xlii] para comprar uvas e outras gostosuras para que eu levasse comigo ao voltar para a enfermaria. Eu sabia que devia estar dentro do pré-

---

[xli] Atendimento de emergência psiquiátrica em Södermalm, bairro localizado na ilha de mesmo nome, na região sul de Estocolmo.

[xlii] Antiga rede de pequenos supermercados de bairro de propriedade da Federação Cooperativista da Suécia, rebatizada desde 2017 com a marca "Coop".

dio onde eu morava antes que pudesse começar a correr. Se eu fugisse dela ali no minimercado, ela iria gritar a todos para me segurarem. Ela grita tão alto que teria conseguido. Eu trouxe as minhas chaves na mão o trajeto inteiro. Eu morava no quarto andar. Quando cheguei ao segundo andar, comecei a correr. Eu achava que teria uma enorme dianteira uma vez que estivesse dentro do apartamento. Eram apenas poucos metros até a janela que eu abri e em cujo caixilho trepei para pular, talvez eu tenha hesitado por um segundo, devo ter feito isso, pois a minha mãe agarrou na cintura da minha calça de brim e me derrubou no piso. Ela deve ter ganhado algum poder sobrenatural. Afinal, era questão de vida ou morte. Me levantei e começamos a brigar. Eu a golpeava e ela me golpeava. Me soltei e corri até a cozinha, derrubei a geladeira em cima dela e abri outra janela, porém, antes que eu conseguisse trepar no caixilho, ela me alcançou. Continuamos brigando até que de repente estávamos outra vez no outro cômodo. Ela me derrubou e se colocou em cima de mim até conseguir ligar para a polícia. Não me lembro dos minutos até a chegada da polícia. Entreguei os pontos. Dois policiais entraram no apartamento. Um homem e uma mulher. O policial homem foi acalmar a minha mãe e a policial mulher ficou ali a meu lado, eu sentada no piso. Ela me olhou de cima e disse exatamente essas palavras:

— Logo você que tem até o próprio apartamento e tudo, com tanta gente na tua idade que não tem lugar para morar. Imagina!

Lembro de como ela me ergueu do piso e como ela foi me empurrando à sua frente até a escadaria. A minha mãe vinha atrás com o outro policial. Não lembro de ver ela chorar. Fomos levadas na viatura da polícia de volta ao hospital e quando chegamos lá a minha mãe disse:

— Vocês precisam cuidar dela agora. Estão vendo agora o quão doente ela está?

Não sei o que foi que eu fiz, mas lembro de levar uma injeção e que a minha mãe pediu um analgésico para a dor de cabeça e depois foi embora.

Ela sabia que não podia me abraçar ou algo assim. Lembro que ela me disse:

— Vai dar tudo certo, Linda. Fique aqui. Vai dar tudo certo.

Não deu tudo certo, entretanto, passados alguns anos, eu parei de entrar e sair daquela enfermaria e fui melhorando lentamente. Eu ia muito à casa de campo da minha mãe e ficava na cama lendo livros infantis. A minha mãe tinha muito medo por causa do trem que passava ali perto, antes de chegar ao lago e ao trapiche de banho. Mas ela não precisava ter medo. Nunca enxerguei o trem como uma possibilidade. Eu havia falhado na tentativa de tirar a minha própria vida. Tardariam dezesseis anos até que eu tentasse outra vez.

Voltei para o meu apartamento e logo em seguida comecei um estágio na escola como auxiliar de reforço escolar.

Não consegui voltar àquela enfermaria aterrorizante em Malmö para entrevistar os funcionários que estavam trabalhando quando o garoto foi internado e durante o breve período em que ele esteve lá. Eu já havia produzido um radiodocumentário sobre os meus anos na enfermaria psiquiátrica de Katarinahuset como trabalho de conclusão de curso no Instituto de Artes Dramáticas. Estava de bom tamanho, pensei. Eu não conseguia me imbuir do caso do garoto, apesar de abominar aquele hospital mais do que qualquer outra coisa.

Eu sabia muito bem que quem deseja morrer costuma ter um plano. Talvez aquele garoto mentido e contado que precisava ficar lá apenas alguns dias. Talvez ele estivesse lá de livre e espontânea vontade. Eu não conhecia os pormenores do caso, mas sei que quem tem um plano na maioria das vezes executa o que planejou se não for impedido ou impedida. Um cinto. Diabos. Eu tinha mais em que pensar. Para meu alívio, o programa da tevê pública *Missão Investigação* abordou o caso mais tarde.

Alugamos uma casa em Österlen[xliii] por uma semana em algum verão. Sei que fizemos isso, mas não lembro nada daquela semana. Com certeza fomos tomar banho de mar na praia de areia branca em frente à vila de veraneio de Knäbäckshusen[xliv] e passeamos em meio aos campos de canola com aquelas papoulas vermelhas de hastes finas em ambos os lados da estrada. Com certeza falamos como aquilo tudo era bonito. Com certeza estávamos contentes. Com certeza você ficou ainda mais entusiasmado com a paisagem do que eu.

Lembro que vimos uma casa que estava à venda. Três casas em L. Lembro do jardim bonito e bem cuidado. Nunca morei no interior. Não tinha a mínima ideia de como era. Nem tenho car-

---

[xliii] Planície localizada no sudoeste da província de Escânia, a mais meridional da Suécia.

[xliv] Micromunicípio com apenas cinquenta habitantes da comuna de Simrishamn, na província de Escânia, estabelecido entre 1956 e 1959, com apenas dezenove casas, para ser uma espécie de museu rural mas acabou se tornando de fato uma aldeia de veraneio.

teira de motorista. Porém, com certeza, fiquei entusiasmada. O jardim tinha uma vibração sóbria e serena. A escadaria que ficava em frente à parte da casa que imediatamente vi como minha era um ótimo lugar. Ficar sentada numa escadaria é algo que sempre me atraiu. Ler, observar o jardim que sob nossa propriedade foi se tornando cada vez mais selvagem. Nunca cuidei do jardim, era algo de que você se encarregava. Fui ingênua de achar que o jardim sempre estaria bonito como quando compramos a casa. Eu não sabia que cuidar de um jardim era um trabalho de jornada integral.

A primeira vez que cortei a grama, você disse que nunca tinha visto algo tão desestruturado.

— Não seja por isso, o gramado é todo teu.

Você se esfalfava naquele jardim. Eu não fazia nada e isso devia te deixar profundamente irritado. Que eu nem sequer tentasse. Com certeza, participar dos cuidados do jardim teria um efeito tranquilizador, porém, eu não tinha o menor interesse, ajeitava e podava um pouquinho aqui e acolá, colhia umas ameixas e uvas mas não dava a mínima para o restante.

O casal que morou naquela casa antes de nós tinha tudo no maior capricho. A mulher, os vizinhos nos contaram, estava o tempo todo trabalhando no jardim. Que, naquela época, era um verdadeiro paraíso.

"Não estou tão certa a respeito", pensei, pois em várias partes da casa ela havia deixado algumas mensagens à lápis.

Embaixo do caixilho de uma das janelas, no alto da parede de um dos quartos.

Ela escrevera coisas do tipo: "Os dias iguais uns aos outros são os melhores". Ou então: "Não consigo mais te enxergar, você é outra pessoa, enquanto eu sigo a mesma".

Conversamos a respeito de se devíamos apagar aquelas mensagens, mas concordamos que as frases dela deviam continuar como estavam.

Estávamos na casa da tua mãe na Noruega Ocidental[xlv] quando você fez uma proposta pela casa e a compramos e ficamos tão contentes e festejamos. Numa rua não muito longe da casa havia uma pequena escola na qual as crianças iriam estudar. Uma escola que seria fechada em dois anos.

---

xlv   Região tradicional da Noruega, localizada, de fato, no sudoeste do país, famosa por seus fiordes, montanhas e pela geleira de Jostedalsbreen. Quatro quintos dos falantes da variante *nynorsk* da língua norueguesa (que é falado por apenas 15% da população total do país) vivem na Noruega Ocidental.

E seria substituída pelo ônibus escolar até Löderup.[xlvi] Onde, depois de algum tempo, eles passaram a não se sentir tão bem, então, em vez disso, começaram numa escola montessoriana bonita, aconchegante, ótima, eficiente e simpática que ficava na antiga guarnição de Ystad.[xlvii] Você levava e buscava as crianças de carro. Durante alguns anos, as coisas pareciam promissoras.

Uma decisão deve sobreviver ao bom e ao mau humor. Assim diz um antigo provérbio judaico e talvez seja o provérbio que mais tenha me ajudado na vida. Bastava aguardar aquela parte do mês na qual nada parecia claro e bem mais que metade das minhas ideias brilhantes se desintegravam. Eu me acercava apenas das poucas que restavam. Por outro lado, a gente não deve se acovardar. Desenvolver uma trama com convicção também é um talento.

Eu me encontrava em descompasso. Minhas decisões não se sustentavam por muito tempo, a

---

[xlvi] Pequeno município da comuna de Ystad, a sudoeste da província tradicional da Escândia, com uma população de 654 habitantes.

[xlvii] Guarnição das forças armadas suecas que funcionou entre 1812 e 1997 no município de Ystad, capital da comuna de mesmo nome localizada no litoral sul da província de Escândia.

inquietude se espalhava e a minha incapacidade de distinguir entre o que era bom e o que era ruim para mim dificultava tudo. Sempre admirei os meus amigos que sabem o que fazer em diferentes situações. Nunca aprendi isso. Sou como uma amadora a cada momento da vida. Gosto de sair com as crianças e ir ao cinema. Isso eu sei. Me tornei uma pessoa antissocial mas com uma enorme necessidade de ver outras pessoas. Os pesquisadores afirmam atualmente que a solidão é genética.

Eu adoro provérbios e adágios antigos. Frases que sobreviveram ao tempo e que eu colecionava, transcrevendo-as num bloco de anotações especial. A palavra vale prata, mas o silêncio vale ouro. Eu tinha um exemplar do *Antigo almanaque do agricultor*[xlviii] que sempre consultava: "Pense no que vai dizer antes de abrir a boca", "Não faça nada por impulso e peça conselhos aos amigos". "Valorize seus amigos, mas só ande com quem lhe quer bem." "Não faça inimigos, seja sempre gentil." "Seja sempre gentil — você não sabe o que o outro está passando." "Cada um tem a sua cruz para carregar, seja sempre gentil." "Gentil e solícito, mas evite as pessoas que sugam a sua ener-

---

[xlviii] Coletânea de tradições populares, publicado pela primeira vez em 1508 na Alemanha e em 1662 na Suécia, que com tempo se converteu numa espécie de *vade mecum* com conselhos e dicas para os agricultores.

gia." "Seja sempre solícito com os seus filhos." "Seja sempre paciente com os seus filhos." "Ame os seus filhos a cada instante e não lhes deixe andar sozinhos pelo mundo que eles mal começam a conhecer." "Demonstre interesse pelos seus filhos, incentive aquilo pelo que eles se interessam, mas sem sufocar a curiosidade deles com o seu próprio entusiasmo." Como eu fiz com a Anna e o caratê. Estávamos num quadrado na academia, todas as mães e pais que acompanhavam os filhos que estavam ali para experimentar uma aula de caratê. A primeira coisa que o mestre de caratê disse foi que o caratê começa e termina com respeito, e a segunda coisa foi que ninguém fica só parado e olhando. Todos deviam participar. Nós, mães e pais, surpresos, tiramos os sapatos. Foi uma aula divertida. Exercícios simples que faziam uma enorme diferença. Certa beleza nos movimentos e no corpo em equilíbrio. Eu fiquei bastante empolgada e, infelizmente, demonstrei isso com demasiada ênfase.

— Agora é você quem quer começar a praticar caratê — a Anna me disse quando eu fui comentar com ela sobre o treino.

Entendi imediatamente o meu erro.

Tudo como que silenciou para mim lá no interior, apesar de eu me sentir melhor. Estava escrevendo bastante, mas nós conversávamos cada vez menos um com o outro. Ainda assim, te perguntei se não devíamos ter mais um filho. Você respondeu que não, de jeito nenhum. Três filhos já estava de bom tamanho. Porém, você acabou se acostumando com a ideia, ainda que de forma não consciente e, quando viajamos à Austrália, onde você ia cumprir um dos teus compromissos de escritor, de repente nos sentimos otimistas. Quando pegamos o voo de volta, eu já estava grávida da Sara.

É impossível explicar o que aconteceu nos meses anteriores ao nascimento dela. Talvez eu esteja na defensiva. Tudo correu tão bem nas três primeiras gestações. Não precisei tomar nenhum medicamento, a minha saúde era de ferro, eu me sentia robusta. Eu era mãe. Aquilo era uma força que eu jamais havia sentido antes. Uma motivação e um amor infinitos.

Fiquei doente durante a gestação da Sara. Só ficava deitada no quarto quente numa vida impossível de viver em companhia. A ansiedade estava por tudo. Respirar ia ficando cada vez mais difícil. Me afundei tão no fundo de mim mesma que perdi toda a perspectiva das coisas. A consciência de que tudo estava acabado. É disso que eu me lembro. Dessa vez, precisei de medicação para dar conta. Talvez o meu corpo estivesse mal-acostumado com isso. Ou talvez fosse alguma outra coisa, algo que eu absolutamente não compreendia.

— Sei o que aconteceu depois. Estive aqui contigo o tempo todo que você passou aqui. Você não precisa me contar o resto — a Maria disse.

Eu não conseguia falar. Não conseguia nada. Depois de várias semanas sem qualquer sinal de vida além de uma ansiedade violenta e uma forte sensação de que não aguentava mais, eu entreguei os pontos.

Por que será que a depressão se tornou mais profunda e aguda exatamente naquele momento? Eu não sei.

Por que eu peguei todos os medicamentos que tinha e guardei num copo de manhã? De noite tomei tudo de uma vez e fui até o quarto, onde você estava deitado, lendo, e me deitei ao teu lado. Você apagou a luz e disse boa noite e eu te disse boa noite a contragosto. Eu sabia que era muito importante não falar contigo. Se falasse contigo, eu não daria conta. Odiei o fato de ter te dito boa noite. Eu sabia que era a última coisa que eu devia te dizer. Comecei a contar em silêncio para não ouvir mais nada.

— Não consigo entender como fui capaz de fazer algo assim, Maria. Eu estava grávida. As crianças estavam dormindo no quarto ao lado.

— Você estava muito doente. Você já devia ter sido internada aqui há muito mais tempo — a Maria disse.

Havíamos consultado um médico algumas semanas antes. O médico constatou que eu estava profundamente deprimida e perguntou se eu tinha a intenção de tirar a minha própria vida. Respondi que não. Porém, a verdade é que a única coisa em que eu conseguia pensar era na morte e em morrer.

Você ligou para os nossos amigos Mia e Henrik, que vieram tomar conta das crianças. Eles vieram imediatamente, compreenderam na hora a seriedade da situação. Ambos eram viciados em adrenalina. Faziam voos de paraquedismo com turistas. Tinham uma escola de aviação. O Henrik dirigia jipes. A Mia me contou essas coisas mais tarde. Ela também me contou que as crianças estavam na casa deles quando a ambulância passou por lá com as sirenes desligadas. Nem me atrevo a imaginar o que eles pensaram e sentiram.

A Mia me contou que os socorristas da ambulância estabeleceram contato comigo imediatamente. Que você contou a ela que eu, brava, pedia a eles para se acalmarem. A Mia me disse que você contou isso com um tom de voz cálido e amoroso.

Ela me contou que as crianças tiveram um bom verão. Você as levava de carro à praia todos os dias. Fez de tudo para que elas ficassem bem e que tudo estivesse tão normal para eles quanto possível. Como eu queria ter passado esse verão com vocês. Que eu nunca tivesse feito nada de condenável. Como eu queria ser outra pessoa.

— Quando ela nasceu — continuei — era tão perfeita e única e linda e querida como todos os outros e eu pedi a Deus que fosse capaz de tomar conta dela e afinal de contas fui capaz. Éramos gratos por ela ter nascido saudável, afinal, eu recebi tanta medicação.

— Eu sei. Mas nada capaz de fazer mal à criança. Sei o que te deram para tomar daquela vez. Colaborei no planejamento de como continuar o teu tratamento com a médica-responsável. Você se lembra dela? Além de ser mulher, ela começou a carreira como ginecologista e obstetra. Era muito experiente. Juro que nunca te deram nada para tomar que fosse prejudicial ao bebê — a Maria disse.

— Nunca temi isso, Maria. Sempre soube que ela era perfeitamente saudável. Sabia antes mesmo de tê-la em meus braços. Eu simplesmente sabia. Ela é tão engraçada, Maria. Tão bonita e cheia de vida. Ela tem todos aqueles irmãos mais velhos, aprendeu as coisas ainda mais rapidamente do que eles. Ela tem sempre um brilho no olhar. É tão gostoso estar na companhia dela. E ela se vira sozinha de uma forma tão manhosa. Nunca deixo de me surpreender com isso.

Sei que o que eu fiz ergueu um muro dentro de ti. Você sempre iria me recriminar por causa daquilo. Jamais iria me perdoar. Eu entendo. Porém, tem algo que eu não entendo. Como você foi capaz de simplesmente me deixar ali deitada naquela cama semanas a fio? Por que você não me largou no hospital como das outras vezes? Você me conhecia. O que foi que você achou que eu estava fazendo? Achou que eu estava ali jogada na cama todas aquelas semanas por pura preguiça? Perguntas que nunca foram feitas.

O primeiro ano de vida da Sara foi bom, como o primeiro ano de vida de todos os nossos outros filhos tinha sido bom. Estávamos, como das outras vezes, de queixo caído com a nossa bebê e ela era o centro das atenções de todos. Você cuidava dela à noite para que eu pudesse dormir.

De repente o sono ficou tão importante, as pessoas diziam. Não gostei daquilo. Eu havia amamentado os nossos outros filhos de madrugada. E apesar disso nunca dormi melhor na minha vida. A gente fazia tanta coisa junto com as crianças. As escapadas até a praia onde o vento brincava nos cabelos compridos das meninas. O Josef correndo pela areia. Eles pareciam felizes. Eram felizes. O tempo passava e nós tão ocupados que eu quase nunca pensava sobre o fato de nós dois nunca mais nos "procurarmos" depois daquela vez na Austrália. Claro que eu sabia o que aquilo significava, mesmo assim, tentava justificar para mim mesma que não havia nada de estranho. "A Sara ainda é pequenininha", eu pensava, apesar dela não ser tão pequena assim. Aquilo iria passar. Algo em mim sabia porém que isso não era verdade.

— Infelizmente, tenho que ir agora. Acho melhor você se deitar. Vou pedir para o Aalif te fazer um pouco de companhia. Não quero que você fique sozinha. Vocês podem dar uma volta no corredor — a Maria disse.

A Maria passou para distribuir os medicamentos. Eu mal percebi. O calor naquele quartinho que nunca era arejado me deixou sentindo um mal-estar, ou talvez tenha sido tudo aquilo que eu tinha acabado de contar que me deixou com a sensação de não conseguir respirar. Não conseguia puxar o ar. Diabos, eu não estava nada disposta a fazer merda nenhuma de respiração quadrada. Peguei o bloco de anotações que sempre estava sobre a mesinha de cabeceira e escrevi essas palavras.

Fui à casa de veraneio para escrever. Não estava numa fase de escrever bastante, pelo contrário, estava numa fase em que as palavras não saíam. Ficava olhando para o computador. Escrevia umas frases que me faziam sentir desprezo por mim mesma. Uma linguagem sem rumo. Nenhum faro. Nenhuma visão. Nada. Apenas palavras torpes. Tolas como nos diários que eu costumava começar a escrever quando era pequena. Dez páginas de repetições, clausura e, ao mesmo tempo, certa autocomplacência infantil. Depois, nada. Comecei a escrever mais de cem diários quando era pequena. Escrevia algumas páginas e o resto eram puras frivolidades. Eu nunca conseguia levar nada a cabo. Não conseguia escrever. Simples assim. Não conseguia, não conseguia e então, algumas vezes, conseguia, e escrevia como se fosse cega. Era uma sonâmbula. Não, pelo contrário, eu estava pilhada. Não conseguia parar de escrever.

Eu nunca tinha escrito nada de substancial sozinha. Quando eu escrevia para valer, sempre fora uma criança grande. Minuciosamente cuidada e alimentada por alguém. Eu ouvia as crianças como um ruído de fundo que acabou se tornando uma espécie de música de elevador que me acalmava. Eu não estava sozinha no escuro. A minha mãe muitas vezes ficava comigo quando eu escrevia para valer. Ela se encarregava das crianças. De tudo. Eu estava sozinha e, apesar disso, não estava sozinha. Você também, às vezes estava em casa, às vezes viajava, enquanto eu escrevia.

 Muitas vezes, eu tinha a ambição de escrever o máximo possível para que você ficasse impressionado ao chegar e ler o que eu havia escrito.

Eu estava irritada comigo mesma. Tinha as mesmas ideias sarcásticas de costume. Lembro que, em vez de tentar voltar a sentar em frente ao computador, eu me deitei na cama e adormeci imediatamente. Acordei horas mais tarde com alguém batendo à porta. Acordei suando e brava comigo mesma. O sol que entrava pela janela me cozinhara. Eu estava empapada de suor e inchada de tanto dormir. O fato é que eu não aguentava o verão. A claridade que caía tão cortante. O calor que eu não suportava. As férias de verão das crianças, que não eram tão estimulantes e divertidas quanto eu gostaria. Que recordações eles teriam? E que magia? Ou será que no fundo eles mesmos é quem iriam criar essa magia mais tarde? O que é que eu podia saber a respeito das futuras recordações de infância deles? No fim das contas, eles preferiam mesmo a piscina pública de frente para o mar, a uma parada de ônibus de distância. Eu era a única que tinha fantasias de realizar longos passeios por belas paisagens. O verão era uma longa caçada por uma sombra. A minha pele ficava queimada já em abril. Toalhas úmidas e cheias de areia. Eu não gostava nada de olhar o mar imenso. Qualquer coisa totalmente aberta me assustava. O mar não era como os lagos nos quais eu costumava me banhar na minha infância e adolescência. Os lagos da região tradicional de Sudermânia,[xlix] a lagoa Trolltjärn nas proximidades de Bergnäset,[l] onde a minha avó materna morava. O lago em Ingarö.[li] Eu não estava habituada com o mar, que só aprendi a apreciar muitos anos depois.

 Eu estava furiosa ao abrir a porta e ver um casal de aposentados, ou sei lá o que eles eram, eles me disseram que tinham uma razão para estarem ali. Tinham vindo te visitar. Irritada, apontei

---

 xlix Província tradicional da Suécia, localizada na região tradicional da Svealândia, delimitada ao norte pelo grande lago Mälaren, ao leste pelo mar Báltico, ao sul pelo golfo de Bråviken e a oeste pelo lago Hjälmaren. Apesar de deter apenas 1/50 da superfície total do país, tem uma população de mais de 1,3 milhão de habitantes (pois inclui a parte sul da comuna de Estocolmo).

 l Pequeno município (com quase 4 mil habitantes), considerado como um bairro da cidade de Luleå (à qual é ligada por uma ponta de 900 metros de extensão), na província da Bótnia Setentronial.

 li Ilha integrante do arquipélago de Estocolmo que fica no extremo sul da comuna de Värmdö, na região tradicional de Uplândia, mas considerada como parte da região administrativa de Estocolmo.

para a tua cabana e eles agradeceram efusivamente e por fim foram na direção da tua casa. Fiquei imaginando a cena, aquele casal de aposentados recém-saídos do banho entrando na cabana onde você trabalhava. Era impossível respirar lá dentro. A cabana estava cheia de livros, prêmios e cigarros. Sobretudo cigarros. Havia talvez umas cinquenta xícaras cheias de baganas e a cabana inteira fedia a fumaça. Nunca consegui compreender como você conseguia ficar lá sentado, respirando aquele ar o dia todo, todos os dias, e vivia constantemente preocupada que você morresse de um infarto fulminante e eu tivesse que cuidar das crianças totalmente sozinha. Na verdade, eu estava totalmente convencida de que não daria conta disso.

A gente discutia o tempo todo por causa do teu hábito de fumar acendendo um cigarro no outro. Eu apelava para a responsabilidade que tínhamos como pais, mas você havia consultado um médico e feito exames nos pulmões e os teus pulmões eram como os de uma criança, segundo o médico. Você fez até mesmo um teste genético, pois era realmente interessado em ti mesmo, e os resultados revelaram que você tinha uma vida longa e cheia de saúde por diante.

— Mas e se você tiver um infarto? Afinal, a tua mãe teve um. E ela também era uma fumante inveterada — eu contra-atacava.

Bem, é verdade que a minha mãe também tinha sofrido um infarto, e o pai dela também, ou seja, o meu avô, que morreu na casa de veraneio da nossa família. A ambulância que nunca chegou. Aquela morte repentina ali no nosso pátio.

Na minha família, todas as fumantes também desenvolveram DPOC,[lii] então, se alguém não devia fumar era eu. Eu morria de medo dos meus próprios genes e propensões e pensava com frequência que você era o pai perfeito para as crianças. A tua índole tão forte iria se perpetuar nelas. Só você seria capaz de suplantar as minhas debilidades inatas. A loucura, a DPOC e o alcoolismo.

Eu bebia pouco, na verdade: talvez quatro vezes por ano, em ocasiões especiais. Na juventude, fiquei bêbada o bastante para uma vida inteira. Você também não bebia e às vezes eu me lamentava por isso com os meus botões, pois você ficava simpático quando bebia. Totalmente desarmado, sem todo o seu autocontrole, como quando nos apaixonamos um pelo outro. Estávamos ambos embriagados de paixão e álcool o primeiro verão inteiro que passamos juntos, mas voltamos à sobriedade conforme o outono veio chegando. Descrevi a sensação de aportar numa realidade que já não se amolda mais à gente num conto muitos

---

lii   No original, KOL (*kroniskt obstruktiv lungsjukdom*); em português, DPOC (doença pulmonar obstrutiva crônica).

anos depois, quando já tínhamos três filhos e havíamos nos mudado para uma cidade à qual jamais me acostumei. Uma cidade mais livre, mas à qual nunca conheci de verdade.

"Nos encerramos em nós mesmos como alguém que fecha a casa de veraneio depois de prepará-la para o inverno. Com determinação, as costas eretas e então uma última olhada para se certificar de que nada foi deixado para trás."

Voltei a me sentir paralisada. A pagar contas. Você começou a escrever e aquilo te deixava ainda mais feliz do que estar apaixonado. Você teve algumas dificuldades para escrever o teu primeiro livro e aquele reencontro contigo mesmo era uma alegria e um vigor que sobrepujava a tudo. Compreendi aquilo de imediato e, em outros momentos da minha vida, eu própria iria experimentar aquela mesma felicidade quando voltava a escrever. Eu começara a minha formação em radiodifusão no Instituto de Artes Dramáticas[liii] e então engravidei. Tudo era incrivelmente emocionante. Ambos estávamos fazendo o melhor possível. Aquela foi uma época memorável. Uma época

---

[liii] Sucessor da Escola de Cinema do Instituto Sueco de Cinema a partir de 1964, foi uma instituição de ensino superior pública fundada em 1970 em Estocolmo que oferecia formação em várias carreiras nos campos das artes dramáticas e da comunicação social, incorporada em 2011, juntamente com a Academia Superior de Teatro de Estocolmo, na Universidade de Artes Dramáticas de Estocolmo.

fantástica. O tempo todo fazendo alguma coisa. Nenhuma depressão e nenhum mês de aborrecimento indefinido e desinquieto, como costuma acontecer quando uma paixão arrefece. De fato, não apenas quando uma paixão arrefece.

Assim como tinha facilidade para criar algo e entrar em períodos favoráveis, eu também tinha facilidade para me deprimir.

Depois, sobreveio uma espécie de ódio pelo fato de aquilo ter tido um fim, de voltarmos a ser pessoas corriqueiras um para o outro, ao mesmo tempo em que eu estava tão assoberbada com os meus estudos e com a gravidez, que me preenchiam completamente. Aquele pasmo, aquela felicidade quase dolorosa e o assombro com tudo o que acontecia dentro do meu corpo e da minha alma. Me tornei incrivelmente cerimoniosa e deslumbrada comigo mesma e com a filha que crescia dentro de mim. Para não falar de quando ela nasceu. Não conseguíamos parar de olhar para ela. A única coisa que eu queria fazer era olhar para aquele bebê. A nossa Anna, que era o serzinho mais fantástico que o mundo jamais viu. Ela parecia tão protegida em meus braços, e o fato de eu ser capaz de significar proteção era por si só uma revolução.

Quando o casal de aposentados se foi, voltei a adormecer. Ao acordar, fiquei tremendamente desapontada comigo mesma por ter deixado aquele dia passar e, em vez de tentar mais uma vez escrever nas horas que restavam, fui até você para, sim, para quê, provavelmente para me queixar. Eu era péssima em dar jeito na minha própria vida e tinha dificuldade de lidar com tanta solidão, ou ao menos imaginava isso ao entrar na tua casa e me sentar naquele sofá cor de laranja.

— O que é que os aposentados queriam? — perguntei.

Você disse que não queria ser incomodado e, em vez de cuidar da minha própria frustração e entender que eu estava brava comigo mesma por ter desperdiçado o dia dormindo, acabei te atacando. A mesma coisa de sempre. Eu detestava morar no interior. A gente precisava se mudar para Estocolmo. Você respondeu dizendo o que costumava responder, que nada iria melhorar em Estocolmo e que, apesar de tudo, eu havia escrito dois livros aqui num curto espaço de tempo:

— Isso quer dizer alguma coisa. Você não teria escrito com a mesma facilidade em Estocolmo.

— É claro que teria escrito. Afinal de contas, sou adulta, diabos!

— Não creio nisso. Ao contrário do que você pensa, é bom para ti morar aqui. No fundo, você também sabe — você respondeu.

Compreendi que uma parte daquilo era verdade. Eu própria havia pensado nisso tantas vezes que tinha medo de não conseguir escrever em nenhum outro lugar. Eu me distraía facilmente por qualquer razão. Mas continuei a minha ladainha, ah os meus amigos, ah que eu de toda forma não era uma pessoa do campo, ah que eu não havia tirado a carteira de motorista pois tinha medo do trânsito e era preciso um ano inteiro impecável para poder obter a habilitação provisória. Eu tinha medo do jardim e do teu menosprezo por mim e terminei a minha arenga dizendo que a gente devia se divorciar. Eu costumava dizer coisas que absolutamente não queria dizer apenas para começar uma discussão. Para ser capaz de desaguar todos aqueles meus sentimentos bagunçados. Para ser capaz de chorar. Eu me sentia imediatamente melhor depois de chorar. Na verdade, tudo estava ótimo. Era isso que eu queria. Nada mais.

Você me olhou por um bom tempo e então disse:

— Sim, a gente deve mesmo.

Você disse que vinha pensando nisso há algum tempo.

— Eu quero me divorciar. Eu quero o divórcio — você disse olhando nos meus olhos.

Como todas as vezes em que a minha existência é ameaçada, eu despertava na hora. Estou como que equipada para as catástrofes. Pensei de uma maneira que normalmente não pensava. Você costumava dizer que eu dava o melhor de mim nos momentos decisivos e talvez foi por isso que você se atreveu a dizer o que disse. Não, você disse aquilo porque era verdade. Você não queria mais continuar casado.

Logo, uma espécie de calmaria momentânea, apesar do coração bater como se eu estivesse à beira da morte. Eu estava à beira da morte. Vi diante dos meus olhos toda a vida que ainda estava por vir como num filme acelerado.

Então, aquele instante passou. Por dentro, um estrondo, como se eu estivesse à beira de uma rodovia. Tudo se movia demasiado rapidamente e eu estava tão sensível aos sons que queria imediatamente me afastar daquele estrépito. Eu não aguento isso. Aguento tudo, mas não isso.

Eu despenquei daquele instante no seguinte, que era ainda mais repleto de pavor. Vi as crianças enfileiradas, muito menores do que de fato eram. Os braços esquálidos, os olhos que não piscavam nunca. Depois, as palavras que despencavam por dentro. Eu tinha que suportar também aquilo.

Eu sabia que quando você diz algo a sério, aquilo se tornava escrito na rocha. Ouvi sinos batendo nos meus ouvidos. Sim, foi exatamente isso. Ouvi sinos batendo.

Depois, a viagem de carro, a primeira floração antes que o verão realmente começasse a acelerar.

Aquela sensação de felicidade entremeada de medo ao conversarmos um com o outro. Uma conversa que se deu sem mentiras.

As mentiras vieram mais tarde. Talvez não mentiras, mas sim a diferença radical em como a narrativa sobre o divórcio devia ser apresentada às crianças.

Você decidiu que nenhuma palavra devia ser dita quanto ao fato de que era você quem queria o divórcio. Não haveria nenhuma vítima, tampouco nenhum culpado.

As nossas vidas haviam se afastado, diríamos a eles. Talvez até seja verdade, afinal de contas, porém, eu não sabia nada disso quando reunimos as crianças todas à mesa para contar que a gente iria viver cada um para o seu lado. As crianças acharam, isso elas disseram mais tarde, que iriam ganhar outro irmãozinho. Receberam aquela mensagem de maneiras diferentes. Uma delas temia qualquer mudança, a outra era mais aventureira e logo viu diante de seus olhos o sobrado moderno que havíamos comprado para mim em segredo.

Vi diante dos meus olhos como eu estava me arrastando na minha própria existência e tentava enfaticamente, de fato, fazer o melhor que eu era capaz. Relegada num lugar estranho, sem ter à minha volta nada do que era importante ou significativo para mim. Eu viveria no vácuo, e não desejava submeter as crianças a isso, então, exigi que nos mudássemos para a minha cidade natal para melhorar as minhas condições de vida. As crianças estariam comigo numa cidade que conheço de trás para a frente. A vida deles seria repleta de pessoas importantes para mim. Para eles. Quando as crianças estivessem contigo, eu poderia ir ao cinema. Ao teatro, encontrar amigos de quem sentia tanta falta, apesar de nunca ser capaz de levantar o telefone e ligar para eles.

Porém, desisti rapidamente. Era injusto que as crianças tivessem que recomeçar a vida noutro lugar ainda em meio ao trauma do divórcio. Eu precisava compreender isso. Sim, isso talvez fosse a coisa certa. Claro que era a coisa certa. Um dia, peguei o ônibus até a cidadezinha dos aposentados, o próprio inferno, e fui nadar na piscina pública. Sempre gostei de nadar e ali mesmo, naquela piscina, me convenci num instante que poderia morar naquela cidade para poder nadar. A piscina ficava bem próxima do meu novo lar, onde eu mal havia colocado os pés. Então veio aquela tua praga, quer dizer, não era para ser isso, mas acabou sendo, para mim, algo que você repetia com tanta frequência e que eu, bem lá no fundo, tinha medo de que fosse verdade:

— Você não vai conseguir escrever naquela cidade.

Eu não conseguiria escrever naquela cidade? Sei lá. Mas por que diabos eu não conseguiria? É claro que iria conseguir.

As crianças iriam se mudar para um lugar que ficava a apenas quinze minutos da cidade onde havíamos morado juntos. Não sei se me arrependo ou não. Bem, na verdade eu sei. Eu me arrependo sim.

Eu iria mostrar a eles a minha cidade natal inteirinha. Levá-los de metrô por toda a cidade. Eu seria uma pessoa mais alegre. Uma mãe melhor. Seria eu mesma. Não uma mãe preguiçosa sem carteira de motorista numa merda de cidadezinha do interior. Mas será mesmo? Eu não estava totalmente convencida. Com certeza eu não era assim. Eu me conformava com o fato de que poderia ir até a minha cidade quando as crianças estivessem com o pai. No entanto, onde eu iria morar? Não com a minha mãe, talvez pudesse ficar de vez em quando na casa de algum amigo, mas não iria me mudar para a casa de ninguém. Sim, talvez para a casa da minha melhor amiga, porém, ela tinha a sua própria família. A gente não pode se enfiar assim na vida das pessoas.

Sou uma escritora, que diabos! A minha editora vai pagar um hotel.

Porém, eu não seria capaz de pedir isso a eles, eu sabia muito bem. Apenas em situações profissionais de interesse tanto deles quanto meu, mas isso não acontecia assim com tanta frequência.

Aquele pesadelo de viagem que tivemos em Creta. Foi ideia tua. Nós contaríamos que iríamos nos divorciar e alguns dias depois partiríamos numa viagem à Grécia, todos nós juntos. Entendi o teu raciocínio. Iríamos mostrar para as crianças que éramos amigos e que nada os ameaçava. Eu também fiquei contente por aquilo nos dar algum prazo. Apesar de artificial, aquilo parecia correto. Além disso, desde a minha infância eu adorava a

Grécia, estive várias vezes na ilha de Hidra com a família da minha amiga. Uma ilha totalmente sem automóveis. Havia apenas o caminhão dos bombeiros e o caminhão do lixo, o restante do trânsito era constituído de mulas, que a gente via por toda a parte, por todas as ruelas. Eu tinha seis anos da primeira vez que estive lá. Passei um mês em Hidra com a minha melhor amiga, a Michaela, e com a mãe e o pai dela. Não consigo me lembrar se em algum momento senti medo ou tive saudades de casa. Todas as manhãs, a Michaela e eu descíamos correndo até a padaria para comprar pão e uns confeitos brancos e polvilhados de açúcar que a gente batizou de broas de luar. Ensinei a minha amiga a nadar e, para comemorar, cada uma de nós pode escolher um sorvete. Nós duas escolhemos um sorvete que tinha o Charlie Chaplin desenhado com baunilha e chocolate.

Quando criança, eu tinha medo do Charlie Chaplin. Eu o achava terrível com seus olhos escuros e aquele seu jeito de andar. Agora, adoro o Charlie Chaplin e, dentre todos os artistas, ele está no topo da minha lista. Na cadeira de cinema mudo do curso de filmologia, assistimos a todos os filmes do Chaplin numa tela enorme, aquilo foi uma alegria para os olhos. Gostei especialmente da dança das mangas em "Tempos Modernos", quando ele, ao entrar em cena deslizando, perde de cara a sua "cola" com a letra da música que trazia nas mangas. O primeiro passo da dança, em que ele procura a "cola", disfarçando para que o público não perceba nada, é maravilhoso.

Também maravilhosa é a cena em que ele, sem saber, se torna o líder de uma manifestação e acaba preso. Depois de cumprir a pena, ele se recusa a deixar a cadeia.

De repente, eu tinha fantasias a respeito de uma vida noutro país. Bem longe daqui. No além-mar.

Eu me via com uma chave na mão. Eu havia comprado um apartamentinho sem vê-lo por dentro. "Vou morar aqui o resto da minha vida", eu pensei, enquanto destrancava a porta verde da entrada.

O apartamento tinha dois quartos e uma cozinha pequena. Os meus filhos não estavam lá. Talvez ainda não tivessem nascido. Eu estava ali sozinha, com uma mala, naquele apartamento mobiliado. As cadeiras velhas espalhadas na pequena cozinha, o fogão a gás, uma cortina de renda na janela que dava para o pátio nos fundos.

A sala era sossegada como sempre sonhei e jamais seria capaz de criar por mim mesma. Não tenho o menor talento para criar um lar. Com esse apartamento, desisti sequer de tentar.

Eu não tinha a menor responsabilidade por aquele apartamento e mesmo assim ele se tornou meu imediatamente.

Uma pequena escrivaninha junto a uma janela. Ali, eu me sentaria para escrever até que um dia a minha vida tivesse fim. A vida que vivia ali era alheia ao desejo de que uma vida assim fosse possível. Eu não precisava de ninguém e ninguém precisava de mim. Eu ganhara aquele apartamento como uma dádiva de Deus.

Ele não me pedia nada em retorno. Mesmo assim, eu rezava para Ele cinco vezes ao dia. Pedia perdão. Perdoa-me por não querer viver.

— Como eu gostaria de poder te dar LSD. O LSD tem um efeito fantástico na melancolia. Mas infelizmente vocês ainda não chegaram a esse ponto aqui na Suécia. O meu nome é Attila. Sou o novo médico responsável. Vocês têm um sistema muito ruim aqui. Vocês são tão rígidos nesse país.

— Sim, é verdade, eu concordo com você.

— Você gostou do apartamento? Você o reconheceu?

— Tivemos uma visão, tu e eu. Digamos que tenho acesso aos teus sonhos e fantasias.

— Eu recomendaria que você mudasse imediatamente para outro país.

— Infelizmente isso é não é possível. Sou mãe de quatro filhos.

— Você não consegue mais ser a mãe deles.

— Você está errado.

— Você não precisa se preocupar com os teus filhos. Você pode morar comigo. Você não pode continuar aqui nesse país.

— Quem é você?

— Sou o novo médico responsável.

— Estou te reconhecendo.

— Nós, almas velhas, reconhecemos umas às outras — ele disse, piscando para mim.

— Você veio me levar embora?

— Você gostaria de ser levada embora por um desconhecido? — ele disse, rindo.

— Não, mas eu achei que...

— Você achou o quê?

— Que você estava aqui para me levar.

— Senta aqui perto de mim — ele disse.

Eu me sentei nos joelhos dele.

— Gosto de ti — eu disse.

— Por que eu estou aqui?

— Diga você.

— Eu não sei. O que você acha?

Attilla. Soava bem. Muito bem. Ele iria me libertar das minhas mazelas. Era preciso algo potente para resistir às minhas debilidades. À minha força.

— Não se esqueça por que você está aqui — me atrevi a dizer.

— Eu sei por que estou aqui. Para virar esse prédio de ponta cabeça.

— Sou tua cúmplice. Me dá um sinal.

— Vou te dar alta daqui uma semana. Temos sete dias e sete noites.

— E o que vamos fazer?

— Esses choques que usam para te tratar podem muito bem ser substituídos pelo erotismo. É bom que você saiba disso.

Aquilo era verdade. Eu havia me tornado uma espécie de monja.

— Você está de brincadeira, né? — perguntei.

— De forma alguma. Mas é claro que não vou desrespeitar regra alguma. Isso é algo totalmente alheio à minha pessoa.

Ele desapareceu diante dos meus olhos.

Eu estava outra vez na ilha de Hidra. Eu tinha doze anos e era Páscoa.

Era uma sensação totalmente diferente estar lá na primavera e não no verão. O ritmo era diferente do ritmo do verão, com aqueles barcos que nos levavam aos balneários depois do café da manhã, atentos às ondas criadas pelos barcos maiores. *Midnight Express, Apollon, Flying Dolphin.*

Eu adorava ficar na ilha de Hidra, onde o pai da minha melhor amiga tinha uma casinha linda no alto de uma viela.

Ou seja, era Páscoa, e nós queríamos ir até a praça, da mesma forma que todas as demais pessoas naquela ilha.

A pracinha estava totalmente lotada. Eu tinha medo de perder a Michaela de vista. No centro da praça, um boneco de palha fantasiado pendia de uma forca. O pai da Michaela contou que aquele era o Judas.

Todos fizeram silêncio quando os rapazes da aldeia se apresentaram. Todos eles tinham o mesmo figurino: calça preta, camisa branca, suspensórios, boné preto e espingarda. O padre fez um sinal e recuou, então os rapazes dispararam contra o Judas. Eu tive medo e me calei. Eu nunca havia visto algo parecido. A fumaça dos disparos, as saudações. A praça que foi se esvaziando e a festa que se dispersava, a procissão descendo até o porto onde os barcos aguardavam. Ateavam fogo aos barcos e os empurravam para o mar aberto. Os barcos em chamas eram avistados a noite toda, cada vez mais distantes.

No dia seguinte, perguntei à avó paterna da Michaela se ela podia me contar algo sobre Jesus.

Ficamos só nós duas por horas a fio e o que ela me contava ia me deixando assustada. Eu não tinha coragem de interrompê-la. Eu estava com fome e precisava usar o banheiro, mas mesmo assim continuei ali parada feito uma vela.

Mais tarde, a Michaela disse, com um tom de voz que demonstrava um sentimento de superioridade:

— Ouvi dizer que você queria saber tudo a respeito de Jesus.

Aquilo foi humilhante. Aquela súbita mudança na hierarquia.

Sempre esse apertar de mãos. Apresentar-se. Encontrar-se. Os encontros são importantes. Olhar uns aos outros nos olhos.

Eu não queria olhar nos olhos de ninguém e isso era percebido, anotado e explicado. Eu escutava as explicações. Me diziam que eu devia olhar nos olhos das pessoas com quem estava conversando. Eu entendia. Olho todas as pessoas nos olhos. Às vezes, a pessoa que olhamos está presente. Às vezes não.

— Você está se sentindo melhor?

— Sim, estou me sentindo melhor.

— Você poderia responder esse teste?

— Sim, posso.

Um teste de autoavaliação. Cada pergunta é respondida com notas diferentes. De insuportável a suportável, numa série de variações. Circulo a resposta que me parece combinar melhor. Não é tão fácil como poderia parecer. Fico em dúvida em várias perguntas antes de circular o número que me parece ter algo a ver.

Alcanço o papel ao médico, que faz soma das pontuações.

— Uma clara melhoria — ele diz.

— Sim — eu retruco.

— Você quer começar as autorizações para sair?

— Quero.

— Uma hora amanhã, o que você acha?

— Está bem.

— O que você planeja fazer?

— Vou comprar um violão.

— Mas um violão custa uma fortuna.

Conversamos por um bom tempo se eu podia ou não comprar um violão. Era por impulso? Atrevimento? Mania disfarçada?

— Você toca violão?

— Não.

— Por que você quer comprar um violão?

— Porque aqui não há um piano. Vou aprender um pouco. Apenas uns poucos acordes. Pretendo comprar um livro para iniciantes. Vou aprender uma canção.

— Qual?

— É assunto meu.

— Foi apenas uma curiosidade. Você ainda escreve?

— Sim.

— Você não vem se alimentando bem. Você sabe por quê?

— Estou com um problema na tireoide por causa dos remédios, e é difícil engolir a comida.

— Sim, a tireoide. Vamos fazer uns exames. Um exame urgente, certo? Você pode comprar um violão. Você sabe onde fica a loja de instrumentos musicais?

— Sim, sei.

A reunião acabou. Alguns dos presentes se erguem e olham os outros nos olhos enquanto apertam as mãos.

Já em Creta, destino da nossa última viagem juntos, tudo era tão insípido e desconfortável. Ninguém estava contente. A piscina na qual você imaginava que as crianças iriam brincar estava gelada. As nossas breves conversas, no teu caso, transbordavam de tédio, e no meu caso, transbordavam de entorpecimento, as crianças, as crianças, as crianças maravilhosas e um pavor.

Os passeios no carro alugado até umas praias longínquas demais. O silêncio, as perguntas e a incrível capacidade dos pequenos de brincar, apesar de tudo.

A nossa filha mais velha já não conseguia mais se expressar brincando, já estava para entrar na puberdade. Essa idade tão frágil. Os diferentes tipos de fragilidade das diferentes idades. Todos estavam contentes à sua maneira mas todos se perguntavam. A Sara ainda não, era tão pequenininha. Com pouco mais de um ano.

O que eu mais gostava era de ficar deitada na cama arrumada tomando a corrente de ar vespertino, lendo enquanto a Sara dormia a meu lado e observando as lagartixas assombrosas que corriam de quando em quando pela parede.

— É hora da comida — o Aalif disse.

Não respondi. Ele perguntou se devia cancelar a minha bandeja de comida e respondi que sim, obrigado, depois continuei escrevendo.

Lembro-me da primeira vez em que entendi que você não queria mais continuar comigo.

Foi num aeroporto. Todos aqueles aeroportos. Todas aquelas viagens para cá e para lá pelo planeta.

O aeroporto de Kastrup estava um caos. Chegamos lá duas horas antes da nossa partida. A fila simplesmente não andava. Eram tantos passageiros que não saíam do lugar e quase a mesma quantidade de guardas.

O que está acontecendo? — perguntei a um dos guardas.

Ele não respondeu.

— Foi alguma merda de um atentado terrorista ou o quê?

Você me olhou com um olhar recriminador.

— Foi só uma brincadeira — eu disse.

Eu era uma pilha de nervos, não aguentava filas, tenho medo de voar e estava irritada contigo, pois você não demonstrava qualquer entusiasmo desde que o dia amanheceu. Quer dizer, estávamos de partida, que legal que vamos ficar outra vez naquele apartamento em Veneza, o belo apartamento alugado pela minha editora. Era a terceira vez que íamos a Veneza. Dessa vez, íamos explorar Veneza de fato e íamos à praia na ilha de Lido nos dias de calor mais intenso.

Havíamos carregado as crianças e carrinhos de bebê para cima e para baixo por todas as escadarias de Veneza tantas vezes, mas essa vez seria a última. Eu não sabia disso ainda, ali na fila do aeroporto, bem, talvez tivesse um mau pressentimento ou sentisse um gosto ruim na boca. De toda forma, o clima não estava nada bom e iria ficar ainda pior, mas eu fecharia os olhos para isso, como a gente fecha os olhos diante de verdades para as quais ainda não estamos preparados. Eu realmente não estava preparada para a tua contrariedade quando por fim chegamos à atendente no balcão de despacho.

— Estamos encerrando a partida agora. É tarde demais — ela disse.

— Tarde demais?

Nesse momento, simplesmente abri as comportas e deixei transbordar tudo que estava represado dentro de mim:

— Você vai nos deixar embarcar agora! Chegamos aqui duas horas antes, exatamente como nos pedem. Não é nossa culpa que vocês entraram em pânico, a culpa é de vocês. Você vai nos embarcar agora mesmo! — berrei.

Tenho uma capacidade de olhar com cara feia e cagar e andar para tudo. Continuei gritando com ela:

— Aqui estão as passagens, por gentileza. Faça o nosso embarque!

Ela nos deixou embarcar. Quando caminhávamos todos juntos até a inspeção de segurança, me virei para ti e disse:

— Que ótimo!

Eu esperava receber um sorriso, ou alguma forma de gratidão.

— Ela estava com o dedo quase apertando o alarme — você retrucou.

— E daí?

— Você não pode gritar na frente das crianças.

— Certo, mas agora estamos aqui dentro, não é ótimo?

— Não — você respondeu.

— Não? Está bem, mas pelo teu método, estaríamos agora atravessando a ponte de Öresund.

— É — você retrucou.

Foi então que vi aquilo no teu semblante. Você não queria ir a Veneza. Você estava embarcando por senso de obrigação mas preferiria ter ficado em casa escrevendo. Você não queria fazer aquela viagem. Você enxergou uma oportunidade na negativa daquela atendente.

Pegamos o voo até Veneza. Não me lembro de nada daquela viagem. Sim, passeamos por lá e lamentamos a nossa liberdade. Lamentamos as pessoas que havíamos nos tornado. Pessoas de quem não queríamos saber. Talvez tenha sido lá que você começou a pensar que talvez fosse melhor dar o fora. Talvez você já desfrutasse uma vida de liberdade naquele ajuntamento na ponte dos Suspiros.

Durante o nosso primeiro ano juntos, ambos estivemos em Veneza pela primeira vez.

    Eu morei meio ano em Florença com uma amiga logo após o ensino médio, mas nunca fomos até Veneza. Viajamos pela Toscana com o carro do namorado da minha amiga. Tínhamos lido a respeito de todas as cidades, igrejas, ruínas e museus, mas eu apenas entrei de gaiata. Eu não entendia nada do que a minha amiga e o Stefano, como o namorado dela se chamava, conversavam, mas isso não me incomodava. Infelizmente, eu só tinha aprendido algumas frases retiradas de um livro italiano que eu lia com a ajuda do dicionário de frases do guia turístico:

Tra il dire e il fare c'è di mezzo il mare.[liv]

    Essa frase era como escrita sob encomenda para mim. Eu não conseguia fazer nada direito. Eu

---

liv   Em italiano no original: "Falar é fácil, difícil é fazer".

ficava cansada rapidamente com aquela bela mas fútil existência. Eu sentia falta de casa, sem saber do que exatamente eu sentia falta. Eu não conseguia encontrar alguém com quem eu tivesse vontade de transar e me achavam chata. Mas eu tinha dezenove anos e estava na Itália. Eu havia beijado um garoto. O Michele. Ele até que era bonito, porém convencido. Os beijos dele eram tão molhados que ele parecia mais me fazer engolir sua saliva do que me beijar. Além disso, a minha amiga brigou comigo como se o Michele fosse dela. Isso antes dela ficar com o amigo do Michele, o Stefano. Eu recuei imediatamente. No fundo, eu não queria ficar com ele.

 O professor de italiano da nossa escola havia dito numa das aulas que a melhor maneira de aprender italiano era ficar com um italiano, ou seja, aquilo era como que uma ordem superior. Eu sentia uma agonia prolongada se acordasse ao lado de alguém com quem eu não queria ficar. Para evitar situações embaraçosas desse tipo, eu vestia a lingerie mais feia que conseguia descolar, por exemplo, a lingerie que a minha mãe tivesse usado como figurino numa peça de teatro. Recorria a tudo o que podia inventar para evitar receber algum convite. Ou para não transar com alguém em quem estava interessada já na primeira noite. Como uma espécie de cinto de castidade. Eu tentava convencer a mim mesma que eu não suportaria a ideia de me mostrar naquela lingerie. Bem, isso funcionava mais ou menos.

Eu tentava enobrecer a minha depressão, chamando-a de melancolia. Bem, talvez fosse mesmo um pouco verdade, mas mais verdadeiro ainda era o fato de eu fingir que representava um papel num filme italiano antigo. Representando a minha própria juventude. Depressivamente melancólica, eu me juntava à maré de turistas que iam a Santa Croce e tomava sorvete. Choveu o outono inteiro e o apartamentinho em que eu e a minha amiga morávamos na Via del Pellegrino ficava abaixo do nível do solo, com uma escadinha de pedra que subia até o jardim. A cada manhã, a gente tinha que secar a água que escorria do jardim até o piso da cozinha.

Todos aqueles lugares bonitos. O mal-estar e a melancolia que cada vez mais se convertiam efetivamente numa depressão. Eu dormia cada vez mais e só me levantava da cama ao anoitecer para ir junto com a minha amiga até a Trattoria La Casalinga[lv] comer algo antes da cair na balada.

Fui ficando cada vez mais interessada na enchente que inundou grande parte da cidade em 1966. O aguaceiro que fez o rio Arno subir seis me-

---

lv   Restaurante tradicional localizado a poucos metros da ponte Vecchio, conhecida atração turística de Florença.

tros em uma hora. A cidade inteira ficou alagada, sessenta e seis pessoas morreram e tesouros artísticos foram destruídos.

O Arno estava tão alto quanto naquela enchente, porém, desde então, foram construídos canais de drenagem que escoavam a água da chuva. Deixei de frequentar a escola, Università per Stranieri,[lvi] depois de algumas semanas. Eu ficava zanzando pela cidade, me sentindo cada vez pior, como sempre acontece comigo quando não estou fazendo algo sensato. Eu me sentia desconsolada pelo fato de estar desperdiçando a minha juventude. A gente tem que dar o melhor de si a cada dia. A angústia de desperdiçar um dia inteiro ou vários dias dormindo fazia com que eu deixasse encharcado de suor o lençol que além disso também estava cheio de farelos de amêndoa.

Antes mesmo de partir para a Itália, depois do Natal, me candidatei à universidade para continuar estudando italiano. Mas eu não queria mais fazer isso, absolutamente. Eu não entendia nada. Logo percebi que fui nivelada numa turma menos avançada que a da minha amiga. Não consigo aprender idiomas neolatinos. Levei pau em francês bem no final do ensino fundamental, por isso, comecei a estudar italiano no ensino médio.

---

lvi   Em italiano no original: Universidade dos Estrangeiros.

Paralelamente, comecei também a estudar alemão, que para mim era mais acessível e fácil de aprender, tanto que tirava notas intermediárias em italiano mas, pelo contrário, era no aemão que eu costumava tirar as minhas notas mais altas durante os três anos do ensino médio. A Barbara, minha professora de alemão, me pediu para ajudar depois das aulas, às tardes, um rapaz que era um caso perdido antes de uma prova importante, e prometi a ela que iria fazê-lo. Promessa essa que eu evidentemente não cumpri.

Eu estava tão terrivelmente cansada de tentar aprender italiano que fiquei ligando para a Universidade de Estocolmo repetidas vezes até que, por fim, me autorizaram a trocar aquela catástrofe do italiano por um curso introdutório de teoria da literatura.

Eu contava os dias que faltavam para voltar para casa. O Arno continuava subindo com toda aquela chuva. No fim das contas, era a cidade perfeita para se estar deprimido.

Foi com alívio que peguei o voo de volta, fui morar com a minha mãe e comecei a estudar teoria da literatura. A minha depressão desaparecera como que por obra de magia. Eu me matei de estudar para compensar o meio ano que havia jogado no lixo. O meu humor gaiato e um tanto pretensioso voltou.

Na Itália e deprimida? Como fui me meter nisso? Não havia muito desse ingrediente na primeira viagem minha e tua a Veneza. Extraviaram a minha mala, que nunca apareceu na esteira de bagagem, anotei o meu número de telefone e o nosso endereço de passagem e deixei com um policial no guichê de informações. A minha mala foi entregue por um mensageiro na véspera da nossa volta, rimos muito disso, eu me lembro. Por outro lado, não lembro o que foi que eu vesti durante aquela semana. Não tínhamos muito dinheiro, então eu não comprei roupas novas. Talvez eu tenha pedido emprestada uma camisa tua para vestir com as calças que tinha no corpo. Aquela foi uma viagem intimista, com declarações de amor inspiradas. Tudo era significativo e longamente desejado. Um sonho. Nenhuma discussão, apenas um momento afetuoso depois do outro. O futuro era algo distante e o agora se fazia presente em cada pulsação. A arte, a pintura, que ambos opinávamos ser a arte mais elevada. Imagina saber pintar. Eu me lembro de haver dito que, se eu pudesse viver a minha vida outra vez, iria aprender a tocar piano de verdade.

— Nunca é tarde para começar — você disse.

Não. Nunca é tarde. Decidi entrar em contato com um professor de piano assim que a gente voltasse, e você prometeu que iria começar a pintar, o que iria fazer por volta da época do nosso divórcio. O piano, deixei de lado quando comecei o curso de radioamadorismo, e logo depois engravidei.

Foi também em Veneza que eu entendi direito, pela primeira vez, o que você queria dizer com a tua repetida conversa sobre sentir vergonha. Eu havia escutado você falar a respeito disso em várias ocasiões, e me reconhecia nisso, porém, ainda não havia vivido isso junto contigo, se não levarmos em consideração o nosso calamitoso primeiro encontro. Folheamos o belo livro de visitas que havia no apartamento e rimos muitas vezes das palavras jactanciosas, porém ainda assim sensacionais, de determinados autores.

"Hoje, na belíssima ilha de Lido, para o meu próprio regozijo e para o regozijo alheio, submergi o meu corpo no mar Adriático. Depois de me refrescar bem, não tinha vontade alguma de sair da água. Comecei imediatamente, e a muito contragosto, a pensar no meu irmão, cujo corpo morto nunca cheguei a ver, uma vez que, quando a sua morte se sucedeu subitamente, eu me encontrava incomunicável no altamente apreciado abraço de uma camareira mui generosa e inteligente. Essa má consciência ainda cinge o meu corpo inteiro e macula os meus sonhos de uma forma tal que nunca consigo voltar a cair no sono. Abri meus olhos e fui imediatamente cegado pelo sol. Apesar disso, consegui enxergar a pomba que me fitava dali da praia e soltava os seus arrulhos ruidosos, talvez não exatamente arrulhos, ai, qualquer infeliz conhece muito bem o ruído que as pombas fazem. Quando olhei bem nos olhos daquela arauta disfarçada, comecei imediatamente a pensar no meu estômago delicado, porém famélico, e em meio àquele olhar demorado, ouvi da boca da pomba essa exortação: 'Volta para casa e procura o teu irmão que te espera na agência dos correios em Tromsø.[lvii] Aquela pomba continuou fitando-me de dentro d'água, e quando digo fitando era porque ela me fitava mesmo fixamente, e foi aquela pomba que, dessa forma, estragou as minhas férias. Como eu poderia ficar ali sentado escrevendo naquele belo apartamento quando o meu irmão me conclamava? Aquilo era impossível. Ao mesmo tempo, me senti lisonjeado com aquela revelação ali onde eu me encontrava, abraçado pelas águas, e chorei. A Sonja fez as malas rapidamente para que desse tempo da gente pegar o voo para casa. Não deixei uma garrafa de vinho como manda a boa cortesia. Diabos, tampouco vou conseguir pegar o voo a tempo. Vou ter que esperar

---

lvii   Município e capital da província de Troms e Finamarca, no extremo norte da Noruega. É o nono maior município do país, com sua população de 40 mil habitantes (77 mil na comuna do mesmo nome).

pelo próximo. Assim, a minha esposa pode ir comprar a garrafa de vinho que estará a tua espera, ó desconhecido que irá se hospedar nesse brinco de apartamento exatamente depois de mim. Acabam de me dizer que dá tempo de pegarmos o voo. Lá vamos nós para o aeroporto. Obrigado e desculpe. As coisas são como são. De resto, não consigo escrever no exterior. Sempre fico mal do estômago. A verdade é que sou um infeliz. Não consigo dar sequer um passo sem a minha pobre Sonja a meu lado, e agora já faz muito tempo que ela tem dores nas pernas. Por todos os diabos, chegou a hora. Obrigado e adeus."

Quando o final da nossa viagem se aproximou, foi a tua vez de escrever no livro de visitas. Você escreveu um texto longo que eu achei bom, e então deixamos Veneza. Mas aquele texto no livro de visitas te atormentou por várias semanas. Você queria voltar lá e arrancar aquelas páginas. Eu sabia que o texto era muito bom e te disse isso, mas isso não ajudou em nada. Você continuou chafurdando na vergonha durante várias semanas.

Um escritor deve perseguir seus fascínios. Quando criança, eu li a respeito da mitologia grega depois de descobrir sobre o assunto num calendário do advento,[lviii] na televisão na qual uma fábula da mitologia grega era narrada a cada noite até a véspera do Natal. Eu adorei aquele calendário do advento, e a minha mãe percebeu isso, pois me deu um livro sobre a mitologia grega de presente de Natal. Eu também adorei aquele livro. Eu gostaria de ainda ter o tal livro. A capa alaranjada, que mostrava a monstruosa Medusa com sua cabeleira de serpentes, me deixava apavorada até a raiz da alma. Perseu aparecia diante dela, com o escudo que ele usou para refletir a própria imagem e evitar olhar Medusa nos olhos, e assim ele conseguiu decapitá-la.

Arte, destino, vocação.

Fiquei especialmente encantada com a fábula de Athena. Mais do que tudo, eu adorava como ela era ilustrada no livro, com aquele elmo e os olhos verdes. O olhar dela. Ela não tinha medo de nada e eu, que sentia medo quase o tempo todo, me sentia fascinada e reconfortada pela personalidade e pelo caráter dela. A deusa da sabedoria e da guerra. Se desejasse, ela despachava ventos

---

[lviii] Refere-se à contagem regressiva até a véspera de Natal, tradicionalmente usando velas, mas na era moderna com estojos com vinte e quatro compartimentos que são abertos um por dia, revelando algum pequeno presente, p.ex., um bombom. A autora refere-se, porém, à versão televisiva do calendário do advento: seriados infantis em vinte e quatro episódios com um tema edificante diferente a cada ano e que são ansiosamente aguardados pelas crianças em todos os países nórdicos.

favoráveis aos guerreiros que partiam à guerra. Ela não era forçada a fazer aquilo. Fazia porque queria. E eu queria ser como ela.

O Christian abriu a porta do meu quarto.

— Vamos jogar uma partida de xadrez?

— Sim, vamos — respondi sem antes pensar.

Ele foi à minha frente em direção à sala de convívio. Lá, ele espalhou as peças de xadrez sobre a mesa. Aquilo era uma mistureba de peças de dois conjuntos de xadrez diferentes, por isso, algumas eram maiores que as outras.

— Isso aqui é um cavalo — o Christian explicou, apontando para um bispo com uma etiqueta colada onde se via uma cruz vermelha.

— Certo — eu retruquei.

— Isso aqui é uma torre — ele prosseguiu, segurando um peão entalhado com uma letra "T".

— Está bem — eu disse.

— Isso aqui é uma dama — ele continuou, dessa vez mostrando, de fato, uma dama, porém com a extremidade superior decepada.

Tudo parecia totalmente lógico naquele recinto. O meu pai costumava recorrer com frequência ao sacrifício da dama durante as partidas que jogava, então aquilo era algo semelhante.

— Tem mais alguma peça que vale outra coisa? — perguntei, mais para chamar a atenção para o fato de que em algum momento tínhamos que começar a partida.

— Brancas ou pretas? — o Christian retrucou.

— Pretas — respondi apressada.

Eu era um pouco melhor defendendo do que abrindo a partida.

O Christian abriu a partida movimentando um dos seus peões. Respondi movendo um dos meus cavalos. Ele moveu outro peão.

Imitei-o, movendo um dos meus peões.

Algumas jogadas rápidas, sem pensar. Eu queria abrir espaço para conseguir fazer o roque menor o mais rápido possível. É sempre uma sensação boa poder mover a torre.

Ergui um bispo e avancei na diagonal.

— Isso é um cavalo! — o Christian exclamou, apontando para a etiqueta com a cruz vermelha.

Então, em vez disso, mexi outro peão.

Seguimos jogando por algum tempo. Trocamos algumas peças para abrir espaço. Eu não entendia nada. Eu não era boa no jogo de xadrez. O Christian tampouco era bom, mas não era tão ruim quanto eu.

— Xeque — eu disse.

O Christian recuou o seu rei, que antes havia avançado sem se dar conta dos riscos.

Peguei a torre. O Christian parecia não perceber o que eu tinha em mente.

Ele fez uma jogada inútil. Eu fiz a jogada final. Bloqueei o rei dele com a minha outra torre.

Xeque-mate.

— Parabéns! — o Christian exclamou.

Foi rápido. Eu me sentia incrivelmente feliz. Eu vencera.

Era a segunda vez na vida que eu ganhava uma partida de xadrez.

No fim das contas, eu era uma boa jogadora de xadrez? Aquele era um pensamento totalmente novo, porém, eu sequer havia conseguido terminar de pensá-lo até o fim e a minha vitória se transformou num revés. Aqui estou eu sentada numa enfermaria controlada jogando xadrez, exatamente como o meu pai costumava fazer.

Fiquei me perguntando se o meu pai estaria contente. Será que ele conseguia me ver lá do seu Céu? O que ele iria pensar se me visse? Ficaria contente ou triste com o fato de eu estar ali sentada, repetindo os seus feitos? Eu estava absolutamente certa de que Deus o deixara furar a fila para ascender ao Paraíso.

Com certeza, Ele perdoou o meu pai imediatamente por tudo que ele aprontou enquanto viveu. O meu pai tinha um olhar inocente, especialmente para quem não o conhecia, o que certamente era o caso de Deus. O meu pai tinha a capacidade de agir quando ninguém estava vendo.

O alarme soou. Talvez tenha sido o meu pai que acionou o alarme para interromper meus pensamentos.

O Christian já corria corredor afora. Os cuidadores, até então invisíveis, subitamente estavam por todos os lados.

Se a gente assim o quiser, sempre é possível aproveitar as situações em que toda a atenção estava direcionada à mesma coisa. Essa era uma fragilidade inerente ao sistema. Mas eu não conseguia pensar no que podia fazer quando todos estavam ocupados com outra coisa, então, em vez disso, guardei educadamente as peças de xadrez no estojo.

Uma mulher gritava e se debatia. Eu não a avistei, mas sabia, pela forma como ela gritava, que ela estava desesperada. Uma legião de indivíduos vestidos de branco a imobilizava. Ela não sabia onde estava. Ela era forte e conseguia se soltar de vez em quando. Indivíduos desesperados têm uma força espantosa. Golpes e gritos, que logo se calaram. Ela com certeza já estava adormecida no chão depois de levar uma injeção. Um acontecimento não totalmente incomum.

Ela logo iria se acostumar a estar aqui e quando ela já tiver se acostumado tanto que esquecer de todo o resto, ela vai receber alta.

Tudo como dantes no quartel de Abrantes.

Não havia nada digno de nota. Eu não sentia medo, porém estava angustiada. Imagens tênues moviam-se à vontade por dentro. O verão era abrasador. O inverno, indolente. O açude, esvaziado, sem água. Restos de corvos na senda, comida podre, o ódio rastejando para não ser visto. Aquela era a senda mais perigosa. Eu nunca escolhia ir por ela.

Todos aqueles pés brancos e o sangue. Uma visão que eu vira a vida inteira.

A coluna vertebral se retesou. Aquele era o único sonho que eu sonhava. Sou o foco do interesse inabalável de certas pessoas sorridentes. O que foi que eu fiz? Me coloquei à disposição da vontade deles. E além disso? Nada. Um dia, não vou mais responder às perguntas deles. Será o dia em que deixarão de sorrir. Uma mão na nuca, isso dói, mas não digo nada.

Você também se vai agora? Também? O que foi que eu fiz?

— Ainda não temos nada para dizer a teu respeito.

— Não faz mal, pela parte que me toca — arrisquei dizer e depois olhei em volta.

— Mas você está nos deixando desapontados.

— Isso não é tão ruim assim. Vocês não precisam tanto de mim quanto eu preciso de mim mesma. Quero cancelar o nosso acordo — ousei dizer, ao mesmo tempo em que comecei a me afastar lentamente.

— Agora, não estou mais ali. Vocês não conseguem mais me ver. Deixo uma cortina de fumaça.

Acordo no meu quarto. Nada me dói. Nada peço. Deixo claro que não peço nada além de que me deixem abandonar o meu posto.

— Peço que me deixem agradecer.

O Attilla ri. Como ele foi aparecer ali? De repente, ele está deitado na minha cama. Mais alguém viu ele aqui na enfermaria? Será que é porque ele está aqui que estou pensando tão bem?

— Attilla — digo.

— O que você quer, filha?

— Por que você disse que eu iria me mudar para um país no além-mar?

— Sei lá, minha filha. Parecia importante naquele momento.

— Nada é definitivo, então?

— Você está começando a se sentir cansada. Isso é ótimo.

— Deita aqui na cama. Bem esticada. Isso, assim mesmo.

Imagine que você está no sopé de uma montanha. Você sobe por uma trilha até chegar num platô. Você está sozinha. Absolutamente sozinha essa noite na montanha.

Você respira olhando para a montanha. Você pede um conselho. O que a montanha responde?

— Siga a trilha. Tudo vai terminar bem. Montanha acima feito uma cabritinha.

Subo pela trilha. O céu está limpo e as pernas aguentam. Eu me sinto mais forte do que nunca.

— Você está no cume da montanha?

— O que você acha que sou? Acha que sou capaz de correr até o cume? Calma. Você está do lado certo da realidade. É outra visão?

— Só um pouquinho de relaxamento.

Então. Sim. Assim, então. Adormeço e sonho que o Attilla toma um gole de chá e se senta para ler um trecho de um livro em voz alta para mim. Ele fala uma língua que eu não entendo. Por quanto tempo durmo nesse quarto?

— Como foi que o Attilla apareceu ali? Fui só eu que encontrei ele, realmente?

Não recebo qualquer resposta. Provavelmente porque estou dormindo.

— Você não está tão exausta quanto parece — ele disse de repente um tanto distante no meu sonho.

E depois acrescentou, já bem mais próximo:

— Está tudo certo. O céu te vê dormindo. Quando acordar, já é hora de você voltar para casa.

— Ordeno que você acorde. Um. Dois. Três.

Eu acordo.

— O que foi que você disse para mim no sonho?

Olho em volta à procura dele. Ele não está em parte alguma. Tampouco posso perguntar a ninguém a respeito dele. Se fizer isso, vão achar que eu realmente perdi as estribeiras.

O meu corpo inteiro treme. Foi algo em especial que ele disse durante o sonho. Adormeço, mas não encontro nada.

Sento-me na cama e puxo o violão para mudar o astral. Alterno entre três acordes até conseguir me acalmar. Começo a cantar uma cantiga popular. Aumento o volume da minha voz. Ainda sei cantar. Sinto um calor por dentro. Esse reencontro me deixa empolgada. De repente começo a fazer planos. Vou recomeçar a cantar num coro. Sempre precisam de contraltos. Talvez a gente tenha que saber ler partituras? Por que é que eu não aprendi nada de importante nessa vida?

Depois, a pergunta seguinte: será que vou conseguir voltar a escrever? Será que ainda tenho o que é preciso para ser uma escritora?

Folheio as minhas anotações. Mal e mal consigo lê-las.

Sento-me à mesa e tento ler o que escrevi.

Consigo distinguir duas frases. A primeira soava assim: "Você já está fazendo hora extra por aqui".

A outra, soava assim: "Mangia bene, ridi spesso, ama molto". "Come bem, dá muita risada, ama muito." Aí está. Qual foi a última vez que eu ri? Já faz muitos anos, além disso, nem comi nem amei ultimamente. Será que eu ainda te amo? Tento sentir dentro de mim. Não, é bom que a gente viva cada um por si. A gente dava nos nervos um do outro.

De repente, me lembro do gatinho que matei a pisoteios. Era noite e eu caminhava de tamancos na direção da casa de veraneio. Mas por que raios eu estava indo para lá? Eu estava sonâmbula. Abri a porta e pisei nele. A pequena coluna vertebral se partiu. Eu terminei de matá-lo a pisoteios. Despedacei-o debaixo dos meus pés. De um instante para outro eu havia me tornado uma assassina. Os outros gatinhos se juntaram à minha volta, se esfregando nas minhas pernas. Saí correndo dali, fui até aonde você estava dormindo, te acordei e disse:

— Eu matei um gatinho.

Você se levantou da cama meio dormindo, foi até lá fora e limpou aquela bagunça, depois se deitou e dormiu. Esse teu sono. Um segundo depois de botar a cabeça no travesseiro, você já estava dormindo. Essa capacidade de se recobrar completamente.

Acho que todos os presidentes, todos os chefes de Estado de alta hierarquia conseguem dormir. Acho que isso é um desígnio. Acho que a humanidade pode ser dividida entre os que conseguem dormir e os que não conseguem dormir.

A noite inteira esperei que você acordasse.

— Que fim você deu nele? — perguntei quando você acordou finalmente.

— Coloquei na lixeira — você respondeu antes de se levantar.

— Na lixeira?

— Se queria um sepultamento caprichado, você podia ter cavado uma cova, colocado umas flores e cantado um salmo — você retrucou.

Acontecimentos e não acontecimentos. Ninguém irá te recompensar por tua boa vontade. Você molda a cada segundo a vida que chama de sua. Uma coisa se junta à outra.

Eu era uma assassina. Eu havia matado um gatinho a pisoteios. Não quis fazer isso, mas fiz.

No sepultamento do meu pai, éramos doze pessoas. Era inverno. Li um poema de Gustaf Fröding:[lix] "Quem se fia do faroleiro e seu farol à socapa?".[lx]

Só eu sabia o que fora dito entre o meu pai e eu uns poucos dias antes dele morrer sozinho em seu apartamento novo, na noite de réveillon.

Será que foram as minhas palavras que o mataram?

[lix] Gustaf Fröding (1860—1911) foi um poeta e escritor sueco extremamente popular em seu tempo.

[lx] Verso do poema "Tröst" ("Consolação"), de Gustaf Fröding, cuja tradução na íntegra apresentamos aqui: CONFORTO // Quando a tristeza chega feito noite toldando / a mata virgem, onde nos perdemos ao andar, / quem crê na claridade, ao longe espreitando, / e na luz que ligeira corisca e arqueja no ar? / Caçoando cintilam — caçoando se escapam, / quem se fia do faroleiro e seu farol à socapa? // Não! Frui a tua tristeza até a mente exaurida / hibernar, pois nisso reside o nosso conforto, / como o vira-mundo que dorme, se perdido, / na penugem macia do musgo, sono absorto. / E quando desperta de algum sonho obscuro, / vê o sol da manhã na mata, seu porto seguro.

Ouço batidas na porta. Me levanto. O Christian diz:

— Cinco minutos.

Não sei o que é que eu estava esperando. Seriam os choques, ou seria alguma outra coisa? O que é que eu iria fazer em cinco minutos?

Fiquei parada no corredor, tentando ignorar o meu instinto. Procurei algo no bolso. Achei algo que eu havia escrito. O que estava escrito ali? Não consegui decifrar.

Na noite anterior, eu jogara xadrez e vencera.

Eu vencera o Christian, mas por que ele estava ali parado, rindo? Eu não vencera? Por que eu venceria o Christian? Eu estava a ponto de perguntar a ele quem havia vencido a partida de xadrez de ontem à noite quando uma porta se abriu bem lá no fundo do corredor. Fui eu. Fui eu que deixei o quarto acompanhada da Maria e fechei a porta. Comecei a andar pelo corredor. Quando passei por mim mesma, olhei para mim como a gente olha para alguém por quem passamos, sem fixar o olhar. Vi a mim mesma saindo da enfermaria.

Abro a porta, entro no corredor.

Cheirava como uma casa cheia quando ninguém esteve nela durante muito tempo. Abro a janela da cozinha. Me sento à mesa.

Fico sentada ali um bom tempo, começa a escurecer.

Me forço a ir até a sala de estar. A sala faz eco. Os meus passos reverberam. Não consigo continuar ali.

Subo a escada. Abro os quartinhos que serão das crianças. Há camas naqueles quartos. Como elas foram parar lá? Camas, mesinhas de cabeceira e cobertores. Lâmpadas no teto. Alguém mobiliou a casa? Mas como assim? Eu sou a única que tenho a chave. Será que fui eu quem fez isso?

Pela janela, vejo o quarto da Olivia. Vejo até o porto, lá embaixo. Um navio buzina antes de partir. Me sento na cama e passo a mão sobre o edredão. Fico sentada ali até anoitecer. Acendo a lâmpada de cabeceira, então vou até o quarto seguinte. Arrumo a cama da Anna direitinho e abro a janela. O ar noturno adentra o ambiente. Frio, límpido. Depois, sigo até o quarto do Josef. Um beliche com uma escrivaninha embaixo e um cobertor chamativo. Uma janelinha.

Estou parada segurando a maçaneta da porta do quarto que será meu e da Sara. Digo a mim mesma para abrir a porta. Mas não abro. Continuo ali parada segurando a maçaneta. As lanternas dos carros lá fora chegam da rua e recobrem a parede. Digo a mim mesma que não há perigo algum. As lágrimas fazem os olhos arder. Abro a porta e entro no quarto escuro.

Me desvisto e deixo as roupas caírem no chão.

Me deito na cama e choro pela primeira vez em muitos anos. Choro por tudo. Pelas crianças que vêm tomar o café da manhã comigo. E vão trazer coisas que querem deixar aqui. Choro por ti e por mim. Digo o nome das crianças em voz alta no quarto. Digo:

— Anna, Olivia, Josef e Sara.

Nota do tradutor

No verão (aqui no hemisfério norte) desse estranho ano de 2020, enquanto traduzia este romance, tive a oportunidade de finalmente conhecer, na companhia de pessoas queridas, uma das atrações naturais mais acachapantes da Islândia: Landmannalaugar. Trata-se de um parque nacional onde a geotermia e as montanhas com aflorações de diferentes materiais e minerais que formam a história natural dessa ilha vulcânica estão visíveis aos olhos assombrados dos caminhantes. Porém, em meio àquele espetáculo de cores e texturas, o que mais me chamou a atenção foram os intermináveis campos de obsidiana que, com sua abundância de tons escuros e suas superfícies cortantes como navalhas, me fizeram pensar na escrita de Linda Boström Knausgård.

 Como tradutores, nunca sabemos exatamente com que desafios iremos nos deparar a cada novo trabalho que nos é confiado. O conhecimento mais ou menos profundo do idioma de partida e a intimidade mais absoluta com o nosso vernáculo. As noções enciclopédicas que décadas de escolaridade e a compreensão dos vários aspectos do mundo que a vida nos proporciona. Os dicionários físicos e eletrônicos, os corpora textuais e os motores de busca na internet. Os colegas de profissão e os amigos que moram no país em cuja língua a obra que iremos traduzir foi escrita. A paciência e a generosidade do autor ou da autora, quando vivos e se colocam à nossa disposição para esclarecer passagens mais tortuosas. Esses e outros recursos nos dão balizas para seguirmos adiante, sem dúvida. No entanto, uma vez iniciado o trabalho, e até que ele chegue a seu termo, estamos por nossa própria conta e risco.

Solitariamente, com os dedos nervosos sobre o teclado, a mão dominante nunca distante do mouse e os olhos cravados no monitor, adentramos numa espécie de cápsula onde o tempo e o espaço da narrativa terão que passar por uma espécie de fusão nuclear, mediante a qual um texto escrito na língua A precisará ser decomposto em seus elementos semânticos e pragmáticos únicos, derretidos numa sopa disforme de letras, sons, significantes e significados, morfemas e sintagmas, que necessariamente devem resultar num todo compreensível que se possa considerar equivalente na língua B.

Depois, virão os olhos generosos do(a) editor(a), os olhos atentos das(os) revisoras(es) e preparadoras(es) de texto, a argúcia do(a) redator(a) do texto da orelha do livro e da sinopse da quarta capa, a imaginação criativa da(o) capista, e darão fim à solidão do processo tradutório, colocando-o no seu devido lugar na cadeia produtiva que resultará nesse produto que o leitor tem agora em mãos: o livro.

Mas esse é um livro especial: um livro traduzido. Por mais que se deseje que o tradutor, como a(o) árbitra(o) de futebol seja invisível, algumas marcas do processo acima descrito seguem mais ou menos evidentes aos olhos do leitor atento.

As mais evidentes são as notas do tradutor, aqui apresentadas em rodapé, que tentam, com carinho, "domesticar" na cultura de chegada a obra oriunda de um outro espaço cultural, numa espécie de compensação necessária de déficits de conhecimento cuja intenção é permitir uma melhor compreensão e fruição da obra traduzida.

Menos visíveis, e talvez menos desejáveis, mas nem por isso inevitáveis, são as pequenas fraturas que deixam entrever formas de pensar e de dizer o mundo do idioma original no texto traduzido: inversões sintáticas, expressões idiomáticas às quais falta correspondência no vernáculo e são traduzidas ao pé da letra na esperança de que façam sentido para o leitor, convivência num mesmo parágrafo do tempo pretérito e do chamado presente histórico, recurso do tempo das sagas ainda comum nas línguas nórdicas mas menos aceito nos idiomas românicos são alguns exemplos dessas frestas que de uma certa forma procuram levar o leitor à realidade do autor.

Em 1990, outro escritor sueco, o poeta Tomas Tranströmer, ao receber o prêmio Neustadt na Universidade de Oklahoma, agradeceu sobretudo aos seus tradutores, sem os quais a sua poesia não seria conhecida — e muito menos premiada — fora da Suécia. No seu discurso de menos de duas páginas, o ganhador do Nobel de literatura de 2011 sintetiza o paradoxo que permeia toda a tradução:[i] a impossibilidade de se traduzir, se pensarmos na obra poética como "uma expressão exclusiva da vida de uma língua", mas, ao mesmo tempo a necessidade que a prática milenar dessa atividade demonstra: "devemos crer na tradução de poesia se quisermos crer na literatura internacional".

É essa crença inabalável na literatura internacional que motiva editores do mundo inteiro, como a Rua do Sabão no caso de A Pequena Outubrista, a adquirir os direitos de tradução de obras de autores estrangeiros e então catar tradutores que conheçam os respectivos idiomas para trazer essas obras às estantes dos leitores locais. E é na precariedade que cada tradução representa — pois, se o livro original é eterno e imutável em sua forma, enquanto o livro traduzido é provisório

---

[i] Tranströmer se referia especificamente à tradução poética, mas o que ele propõe vale também para a tradução de obras em prosa literária e, no limite, para a tradução de qualquer tipo de "texto", seja ele escrito ou produzido oralmente.

e caduca com o passar do tempo, exigindo novas traduções de obras clássicas — que a literatura internacional se faz. Os autores podem até inventar e reinventar permanentemente as respectivas literaturas nacionais, mas a literatura internacional como a conhecemos é a invenção e a menina dos olhos dos tradutores.

Reykjavík, setembro de 2020

Luciano Dutra

Exemplares impressos em offset sobre papel Cartão LD 250 g/m² e Pólen Soft LD 80 g/m² da Suzano Papel e Celulose para Editora Rua do Sabão.